窗外

——沂水弦歌

冯彦 ◎ 著

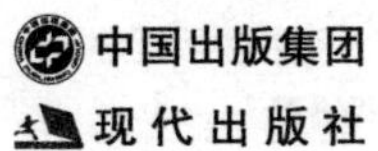
中国出版集团
现代出版社

图书在版编目（CIP）数据

窗外：沂水弦歌/冯彦著. --北京：现代出版社，2015.8
ISBN 978-7-5143-3922-2

Ⅰ. ①窗… Ⅱ. ①冯… Ⅲ. ①散文集－中国－当代 Ⅳ. ①I267

中国版本图书馆CIP数据核字（2015）第177974号

窗外：沂水弦歌

作　　者　冯　彦
责任编辑　李　鹏
出版发行　现代出版社
地　　址　北京市安定门外安华里504号
邮政编码　100011
电　　话　010-64267325　010-64245264（兼传真）
网　　址　www.1980xd.com
电子邮箱　xiandai@vip.sina.com
印　　刷　北京一鑫印务有限责任公司
开　　本　880×1230　1/32
印　　张　7
版　　次　2015年8月第1版　2022年7月第2次印刷
书　　号　ISBN 978-7-5143-3922-2
定　　价　35.00元

凤凰花又开（自序）

“暖暖的海风轻轻地吹来，凤凰花又盛开，远远的浮起一片片红云，我的梦做了起来……”

一个普通的夏日傍晚，坐在车上，轻轻摘下眼镜，塞上耳机，把车窗拉开一条小缝，头倚着座椅靠背，看窗外。

暖暖的海风吹进来，又见凤凰花儿开。风，像一个淘气的孩子，轻挠耳背，很轻松，很舒服。

不知从何时起，忽然喜欢起下班路上的风景。这些平凡生活的点点滴滴，忽然因为熟悉而变得生动起来。小小的车窗就像一幅流动的图画，有色彩也有感情，书写着我们最真实的人生。

窗外的世界，充满了这个城市的繁华与欢乐，也充满这个城市的灰尘与废气；窗外有偶尔纯净的蓝天，也有早已布满尘埃的绿树；有暖暖的海风，也有河涌的腥臭；有打工族疲倦而麻木的眼神，也有成功人士的欢呼和自豪；有极富个性的都市孩子，也有为生活奔波劳碌的父母长辈……

窗外的世界很大也很精彩，我常常迷失在城市森林中，诧异地看着一座又一座高楼像变魔术一样，平地而起；我常常迷失在新开通的地铁线路中，惊恐地面对一个又一个商业世界，像花朵一样沿着地铁，一路绽放。

窗外的城市很繁华也很混乱。挺拔的写字楼，热闹的金融街，五光十色的橱窗，充满时尚气息的购物广场，奔流不息的汽车人群，每次看到这一切，血液就在身体内奔腾，让人忍不住想融入进去。可，这又是怎样一个地方！马路上，到处是蚂蚁一样的人群，用蝗虫般的速度蜂拥而过，偌大的公交车被堵截在拥挤的马路上，进退两难，甚是尴尬。窗外，有的人开宝马坐奔驰，而更多的人像沙丁鱼一样挤在公交车里，疲惫地挣扎。

窗外的生活很平凡也很平淡。每次看到满大街的明星广告、红当当的追星横幅、琳琅满目的宣传海报还有灯光绚烂的舞台表演，总是会被追星族们旺盛的生命力所震撼。然而，待灯光熄灭、巨星离场，我们又继续埋头于平凡生活，继续与各种鸡毛蒜皮的琐事纠结，撕扯。

《论语》有一个典故：孔子和4个弟子坐谈志向，孔子问弟子曾点有何看法，曾点说：“莫春者，春服既成，冠者五六人，童子六七人，浴乎沂，风乎舞雩，咏而归。”

所谓“沂水弦歌”，由此而来。这其实是一种生活态度：人活着，应当懂得时令变化，懂得融入自然，懂得寻找快乐，因时而异、因地制宜，及时地在大自然中寻找生存的乐趣，活出自己的潇洒人生，不为世俗所羁绊。而思考、寻找、体味这种生活状态，也正是窗外系列的初衷。

呼，窗外的海风吹进来，车子再次行驶在滨海路上。静看窗外，花开又花谢，潮起又潮落，太阳朝来又暮去，不禁想，时间啊时间，你过得还真快，去年的花影还在，岁月却不将人待。也许明天，我们会离开这个城市；也许明天，我们会换一种生活方式；也许明天，我们那花儿一样的年华会成为过去，而这个花儿一样的世界也会成为人生中的一段记忆。

那么，且让我暂时停留在这一刻，让那飘飘的云彩，带我飞到天外，静看凤凰花开，缘聚缘散。

....

附注：《凤凰花又开》是深圳中学的校歌，很“深圳”也很温暖，让人有一种释怀的感觉。本文写于2007年夏，是窗外系列的第一篇，那时正准备步入婚姻生活的我忽然发现，上天关上了一扇门，却打开了另一扇窗，窗外有一片迷人的风景，让人流连忘返。

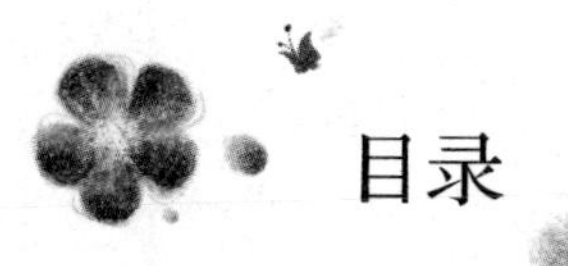

目录

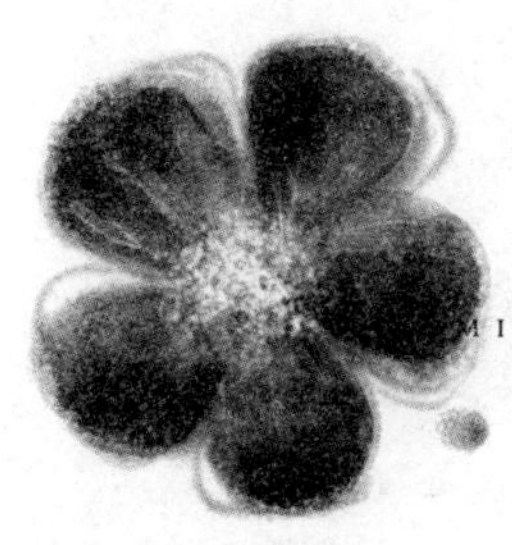

MIAN DE SHI JIE

外面的世界

朱彦晴小朋友涂鸦作品

青春

忙碌中，窗外刮起了秋风，凉凉地吹在脸上，又一个夏天走了。打开音响，歌声悠悠传来：

“我打算在黄昏的时候出发
搭一辆车去远方
今晚那儿有我友人的盛宴……”

打开衣柜，缓缓收起那些清凉绚烂的衣裳，收起空调遥控器，收起浮躁的心情，抖一抖身上残留的夏日余温，然后穿好衣服，推门而出。

“迎面扑来的是街上闷热的欲望
我轻轻一跃跳入人海里……”

关口堵塞依旧，各色车辆横七竖八地陈列在大马路上，扬起熟悉的尘埃和喧鸣的喇叭，夹杂着蓝红色的闪烁不停的警灯，掀开了这个繁华都市的夜幕。

麻木如我，早已习惯了在堵塞中等待，在等待中行进，在行进中遗忘……

轻轻摇下车窗，窗外已飘起小雨，雨滴轻飘飘地飞扬着，就像那些曾经青春飞扬的日子，轻松而自在。伸出手，抹去倒后镜上的水珠，就像抹去自己的过去一般轻易，可心里却空落落的，什么都没有。

“我心里什么都没有
就像没有痛苦
这个世界什么都有
就像每个人都拥有……”

好奇：这世界真的是什么都有，可每个人都意识到自己的拥有吗?

砰！毫无意外地，隔壁车道上，两辆小车当众接吻了，吻得是轰轰烈烈，惊天动地。可却没人围观，甚至没人摇下车窗看一眼。很快，身着制服的交警出现在路的那一头，努力地在凌乱的车辆陈列馆中挤出一条通往事故发生地的通道。

忽然，前方的车子开始簇拥着缓缓移动。关上车窗，继续向前走，继续走，没有回头，没有关注，没有好奇，也没有热情。

我们一直在努力地向前走，从家乡走到都市，从学校走到社会。我们一直在努力地活着，努力地奋斗，以为这一切就是全部的人生。可我们并未意识到，继续走着，同时也在继续失去。在我们没有意识到的时候，青春已经悄悄走远。等我们开始回味时，一切都已过去，唯一能做的，也只有继续向前走，一直向前走，永远向前走。

走吧，人生就是在不停地走路，无论要失去多少，总还是得继续向前走。不是每个人都看得透得失，不是每个人的人生都幸福美满，可是要生存，就必须继续走下去。

走吧，青春像河流一样缓缓流淌，转过一道弯，换一种心情，我们仍然继续向前。都市就像一片永远漂泊流浪的现代丛林，也是无家可归者的唯一归属。

既然如此，那就一直走，一直走，别回头……

“继续走继续失去
在我没有意识到的青春
继续走继续失去
在我没有意识到的青春……”

………………………………………………

附注：《青春》是一首旋律不算悦耳，但却很抓人的歌，个人较偏爱一位歌者比赛时的版本。他抱着吉他，自弹自唱，用平平淡淡的语气描述了一个平平淡淡的生活场景，却在不经意中，讲述了一个“青春不再”的事实，偶然想来，略有神伤，可转念一想，又不禁释然。或许，这是成长必然要经历的过程吧。

尘缘

"尘缘如梦　几番起伏终不平
到如今都成烟雨
今夜成空　宛若回首袖底风
幽幽一缕香　飘在深深旧梦中……"

日子如水般流过，不知不觉中，走到了人生的转折路口。事情发生得太快太突然，直至一切尘埃落定，仍恍如在梦中。

面对各种惊讶和质疑，无语。

是蓄谋已久？还是平地惊雷？

或许谁都不知道，真的要告别认真打拼的五年时光，会是怎样的难堪和不舍。直到坐着车子离开已经生活了近五年的城市，心里才禁不住生出一丝酸楚，过去的五年难道只是一场旧梦，永不再续？

"繁华落尽　一生憔悴在风里
回头是无晴也无雨
明月小楼　孤独无人诉情衷

人间有我残梦未醒……”

一位老同事曾说：人生中每逢变动期最痛苦。

默然。

现在有很多用工单位都不太喜欢如白纸一般的毕业生，可他们又是否意识到，自己给予这些毕业生的包容也是最多的。当我们已不是崭新的社会新鲜人，没有对社会未知的期待，没有很大的上升空间，也没有犯错和被原谅的机会，该以怎样的面貌和心态去面对明天？当我们凭着自己的努力和谨慎，度过了最初闯入社会的原始积累期，好不容易挣得了一些朋友，一些认可，一些信心，如今却要从头开始，谈何容易？

“漫漫长路　起伏不能由我
人海漂泊　尝尽人情淡薄
热情热心　换冷淡冷漠
任多少深情独享寂寞……”

抬头看窗外灿烂依旧的太阳，重新翻开过去写下的文字：

“在操练方队这个集体中，我们一起坚强面对挑战，一起执着追求最终目标，一起制造生活乐趣，无论结果如何，我们都收获了整个秋季的风景。”（出自《谁是最可爱的人——体味军训》，2005年。）

“工作两年以后的我，学会了珍惜今日，期待明天，学会了在平凡的生活中为自己制造精彩。”（出自《在罗湖的日子》，2006年。）

“人总是在一点一点长大，经历的事情越多，无力感越强，我越发发现人生中真的有太多的无奈和无法挽回的遗憾，真的不是有梦想就能飞翔。或许深圳一直都是那个精彩的外面世界，错误的是我，单纯地追求精彩，却无视它背后的无奈。或许，人生就是在每一个围城之间奔跑，跑出了这个围城，又走进了另一个囹圄，错误的是我，管不住自己太野的心，总是在潜意识里渴望自由。或许，等到我的心真的老去，我将学会改变自我去适应这个社会，或许，等到那一天，我就真的长大了！”（出自《深圳，有没有人告诉你》，2007年。）

“当深港第一次联合演练顺利完成的时候，我们欢呼雀跃，当‘七一’站在干净明亮的通关大厅里接受国家领导检阅的时候，我们意气风发，毕竟，无论多少，口岸的顺利开通里都有我们每一位平凡关员的汗水，努力过的人生没有遗憾。”（出自《十年》，2007年。）

“站在西部深圳湾眺望大海，我深深地感谢脚下这片土地，感谢他教会我不要只是为了工作而工作，教会我在人生关键之处再坚持一下，感谢他告诉我，原来，我们一直都不孤单。”（出自《人生路上学会感谢》，2008年。）

“于是才明白，梦想不同于妄想，妄想源于欲望，根源是内心的匮乏；梦想缘于愿望，是一种心灵充实后的付出。所以，步入新的一年，让我们重拾自己的梦想，认认真真地做一个优雅而美丽的女人。”（出自《女人的梦想》，2009年。）

……

重新品味，那些过往的记忆并没有因为离开而消失，不禁庆幸自己曾经拥有过一段从稚嫩走向成熟、从迷茫走向清醒的日子，更庆幸曾认识那些人，以及曾拥有与之共事的岁月。

外面的世界

“人随风过　只在花开花又落

不管世间沧桑如何

你已乘风去　满腹相思都沉默

只有桂花香暗飘过……”

回首过去五年，收获不可谓不多。五年里，新鲜、无望、放纵、寂寞、思念、平淡，种种体味，你我都有，初出茅庐时的棱角被打磨光滑，在种种无奈的挣扎中，终于学会接受，学会内敛，学会顺势而行。五年，逐渐明白所思所求，于是倍加珍惜周围的人和事，于是对平淡的生活甘之如饴。

是啊，甘之如饴。文字写到这里，抑郁的心情也排解了许多，反而想起一个“访戴”的典故。说的是一个冬夜，晋朝书法家王羲之的儿子王徽之一觉醒来，看见屋外一片洁白，思绪顿时为之一振，忽然想起远方的一个朋友戴逵，便连夜坐着小船前往。小船行了一天一夜，才到达戴逵的门前，王徽之举手欲扣，却突然改变主意，让人摇船返回。从人不解，他说：“我本是乘兴而来，兴尽即归，又何必要见到他呢？”

人生旅途，乘兴而来，兴尽即归，多么潇洒而自由。如果说初到深圳的那几年，见识了社会的无奈和个人的无助，那在选择离开的时候，也应当明白，自由不在于外界给予的约束多少，而在于自己的内心，自己给予自己的束缚才是真正的牢笼，一旦学会放下，整个世界仿佛豁然开朗。

未来，是未知的，可那又如何？只要胸中有“丘壑”，一草一木即成风景，无风无雨亦能娱情。

日子还是这样平静地过去，等当初那种惊愕、无助、担忧的情感成为过去，让我们怀抱这些经历和财富，重新开始。

明天，又是新的一天。

……………………………………………………

附注：《尘缘》是一首经典的粤语老歌，词曲很美也很沧桑。那一天，离开深圳，意识到自己再也不回去了的时候，脑海里忽然响起这首曲子，仿佛在提醒我，五年繁华一场梦，最终梦醒人散，唯有余香。

外面

坐车，期待着一年后的再次会面。窗外，从山野到都市，从农田到工厂，景色切换间，却已很久没有这种“看窗外，似水流年，世间静好”的心情了。

“外面的世界很精彩
我出去会不会失败
外面的世界特别慷慨
闯出去我就可以活过来……”

回到曾经工作过的地方，再次看到那些忙碌着的帅气背影，当初那种“原来我们一直不孤单”的感觉又回来了。熟悉的笑脸，熟悉的问候，熟悉的对话，几乎没有隔阂，仿佛我只是休了一个很长的假期。

主题沙龙上，年轻的同事们纷纷讨论着外面的世界会有怎样的精彩。他们总是很好奇我这一年到底去了哪里，做了什么，过得怎样。于是，坐在曾经的办公室里，我第一次认真地回想自己毕业后的经历。

深圳，是我毕业后的第一个站点。那会儿，我迫不及待地想要投入社会，想要体验象牙塔以外的精彩。可初入行，就被那恶劣的工作环境、时刻不停歇的人潮涌动、枯燥烦琐的检查工作以及那些已在岗位上干了二十多年的老同事吓到了，我无法想象自己将在未来二十年里都跟他们一样每天重复着同一件事，更无法想象这些前辈们的今天将会成为我的明天。

两年后的一天，忽然想通了，适应了，却被调往新岗位。

对年轻的我们而言，新岗位就是一个外面的世界，很年轻，很多机会，很多不确定，有很多空间去思考和改变。因为习惯还未形成，规矩还未建立，所以到处都充满了创造的激情。那时，我们干劲十足，时刻都在思考，探讨怎样才能更好地工作，怎样才能体现自我价值，怎样才能找到规律提高效率，怎样才能把各种关系理顺，怎样才能更快地提升自己。大家都在相互学习、暗自比拼、相互帮助，这种生活，既忙碌紧张又特别刺激有趣。

深圳给我的感觉就是这样，既热闹又寂寞，既痛苦又快乐。

“留在这里我看不到现在
我要出去寻找我的未来
下定了决心改变日子真难挨
吹熄了蜡烛愿望就是离开……”

后来，离开深圳，到了新的城市。在这里，我看到了不一样的社会百态。如今，因工作原因经常走进社区，走进工厂，走进农村，走下田里，走进老百姓家；也需要面对各行各业的人，有老师、律师、医生、警察、工人、农民、服务员、失业人员、残疾人、亟待救助的弱势群体等等，他们各有各的幸福，各有各的烦恼。我常常在退休老人的絮叨中逐渐理解父母对子女的期盼和不满，在医生护士们的聊天中体会医患关系的复杂，在与老农民的接触中感受他们的朴实和热情，在与低保户的交流中知道生活在社会底层的艰辛和不易……

不由慨叹："原来这才是社会！"

尽管经常需要加班和下乡，风雨无阻，很辛苦、很劳累、很烦人，但是，每次开展调查，每次数据发布，每次撰写报告，我都有一种感觉：当我们有机会去发现那些需要关注的人和事时，会感觉自己活着不是那么空虚和没有意义。或许，这便是当年向往的精彩世界吧！

"外面的世界很精彩
我出去会变得可爱
外面的机会来得很快
我一定找到自己的存在……"

离开后才发现，深圳就像一个围城，围城外多少人盼望着走进去，围城里多少人又渴望走出去。而那些所谓的"好单位、好工种"，也不过是别人身处的另一座围城，只有真正走进去，才知道个中滋味。

有一位在深圳打拼了两年又坚决离开的朋友曾说过，因为自己曾经尝试过、努力过、拼过，所以能以很平静的心态面对当下。现在她生活在家乡小城，每天认真上班，下班会朋友，周末打球、爬山、品尝美食，活得开心且充实。而她周围的朋友们却依旧在对外面世界的向往中挣扎和苦闷。大概是因为心态不同，对同样生活的感知也截然不同。

她的话给我留下了深刻的印象。我们经常对现状感到不甘心，却又没有勇气去改变。可现在却渐渐明白，人，需要害怕的不是改变，而是不知道自己到底想要什么。如果现在已经能够得到或接近自己最终想要的结果，请不要轻易否定现状，不要轻言羡慕，因为还有很多人活得比我们糟糕多了。可，如果现状并不是自己真正想要的，那就为将来的改变做准备吧，只有做好准备，才可能抓住机会。

如今，我离开的那个围城又成了新同事们眼中那个精彩的外面世界，我们可以做的是更珍惜当下的生活。相信，当时间滤去那些不快乐的记忆，留下的人和事，会成为我们这辈子最珍贵的财富。

附注：《外面》是电影《如果·爱》的插曲。这部电影讲述了一个走出山村，迷失在繁华世界的女孩所面对的各种迷茫和困惑，电影音乐《外面》也贴切地表达出很多人向往精彩世界又害怕迷失的心情。其实，对每个人来说，外面都有一个精彩的世界，只是到底有多精彩，只有自己走出去才会知道。

张三的另一首歌

清明节，走在学校的小路上。和校外那些匆匆的路人不同，学校里的脚步透着一种轻松和悠闲的味道。

“还在路上　我逐渐习惯了匆忙
人到中年　生活忽然有些摇晃……”

坐在荣光堂里，隔着古老斑驳的红砖墙，可以看到窗外来往的学生，昔日年轻的笑脸，理想与激情，充满希望的明天，那些属于大学生的青春岁月，仿佛还在身边，不曾远去。可老同学却笑说：“别看学校依旧，其实我们都老了。”可不，我们都奔三了。

不知不觉，时间飞逝，咱“80后”也已临近中年。摇摇晃晃中走过哪些路，经历哪些抉择和辛酸，一时，竟相对无言。

老同学在校时是一个出色的女人，漂亮、自信、爽朗。可这次相见，神情分外憔悴，身上似乎少了一点什么。在时间和现实的双重打磨下，这个曾经自信满满的女人，也和身边的芸芸众生一样，为婚姻、为家庭、为生存所困惑和奔波。

累呀，谁活得不累呢？

“我听到有人在喊　你快跑

才知道理想是那么重要

我想起年少时唱的歌

谁要带谁去飞翔去寻找　那片光亮……”

在中大小北门外买了张碟——《老爸快跑》。主角是一个普通得不能再普通的中年男人，胡子拉碴，发型土里土气，身材微微发福，连名字都起得那么随便——“张三”。

随着剧情的深入，不由得感叹：怎么会有这么倒霉的人！开古董店被偷，老婆又闹离婚，自己去参加比赛面试时，自行车又被偷，小偷出了事故，自己还得送他去医院；老爸胃癌晚期，自己交不起医药费，连儿子一块钱的作业本都买不起，后来穷得连住的地方都没有，只能带儿子住二十块钱一晚的澡堂……

虽然情节比较夸张，可不能否认的是，在我们都活得很累的时候，看到这个张三，竟然觉得庆幸：原来这个世界上我不是活得最惨的那个，原来，与那些关系生存的烦恼来说，我们其实已经很幸福。

我常想，这样憋屈地、无奈地、悲惨地活着，有什么意义呢？可，在这个社会中，肯定有那么一些人就是活在这样的困境中，连买早餐的钱都没有，可他们依旧活着，不是吗？

生命的意义在哪里？当这个问题面临生存的考验时，一切大道理都变得无比空白，活着是一种本能。就像儿子对于张三就是不能割舍的亲人，再苦再累都要撑下去，张三对于他儿子就是不停奔跑的老爸，只要能跟老爸在一起，睡澡堂，睡仓库都无所谓。这些情感就是我们不能割舍的，再苦再累都要活着。或许，只有直面生存本身，才能体味生命原本的意义吧。

“他们要飞到那遥远地方　去看一看　去望一望

我不愿对任何人讲　我从没有过飞翔

每个人都在奔跑中成长　掩饰着心中的伤

努力着把笑容尽量地挂在脸上……”

最近，身边的好友似乎都遇到了各种难以想象的困惑和麻烦，有的在家里遭遇了一些很可怕的事情，从而对婚姻产生了恐惧；有的始终不打算结婚；有的抱着纯洁的愿望投入爱情却遭到背叛；有的即将结婚却没有对婚姻的美好向往和对感情的坚定信念；还有一些和我一样，事业上没什么想头，生活继续这么平淡无奇地过着。每个人都在成长中掩饰自己，努力把笑容挂在脸上。

可，麻木地活着，和无数的人一样，不再反思和追问，不再有激情和期盼，慢慢地变得行尸走肉，麻木不仁，沉溺在不满、疲倦和抱怨的沼泽中，折磨自己，也折磨他人，不是更可怕？

“早晚要飞到那遥远地方

去看一看　去望一望

但愿我们都能够找到那片光亮……”

毕业6年后的一天，看到这些曾经漂亮的女孩们，在变成女人后却如此憔悴彷徨，才发现，理想是那么重要，自我是那么重要！现在的我是那么希望飞到遥远的地方去看一看，去望一望，是那么希望能活得更精彩，更漂亮，更自信，更有希望。只是，光说不够，还要努力去做，努力去奋斗，努力去拼搏，哪怕最后的结果不尽如人意，可至少我们不是碌碌无为的那一个，不是任命运摆布的那一个。也许某些时候，我们会感到慌张，但请相信，我们永远不会是世界上活得最糟糕的那个人，一定要对人生抱有希望。

“所有人都难免在某时感到慌张
别放弃　那些希望
张三说　每个人都一样　越奔跑　越有力量”

我不喜欢跑步，因为我很懒。可是，看完《老爸快跑》，我很想对自己，对我的那些好友们，特别是对最近很受伤的几位朋友说，加油！

毕竟：我们不能选择命运，但可以选择的是面对命运的态度！

Come　on！

附注：《张三的另一首歌》是电视剧《老爸快跑》的片尾曲，徐铮饰演的这个倒霉老爸是一个“滥好人”，故事直指当今社会道德缺失，好人无好报的现实，让人感到既好笑又无奈。不过，在充满黑色幽默的剧中，张三的单纯和执着却始终如一缕温暖的阳光，让人心生希望。张三在奔跑中获得力量，我们是不是也应该振作起来，把理想和希望付诸行动呢？或许，人生并没有想象那么糟糕！

瘾

盛夏时节，到处都是白晃晃的日光、堆积如山的文案和平静如水的生活，我们就好像一只不知疲倦的小鸟，在茫茫大海上一直飞，不是不想停，而是不知在何处落脚。

总是感到郁闷、愤怒、彷徨、不快乐、不甘心……

这时，忽然听到一个人说："之所以上天不给你，是因为你要的还不够强烈！"

"我能坐下吗？我叫陈楚生
我在对面的角落里观察了你很久很久
来一杯伏特卡，不要太多的冰
不知你是否会介意我点燃这支香烟？"

从未去过酒吧，也不知道都市的夜生活究竟是何等醉生梦死。可耳畔传来的这一首夜生活味道浓郁的歌曲却让人有一种错觉——或许，买醉不过是寂寞的另一种方式，与一个人独坐窗台并没有实质上的区别。只是，有的人因为这种寂寞而自伤。而我却觉得，人，也需要寂寞。

寂寞的时候，周围的空间和时间都是空的，没有当下必须马上去完成的任务，没有当下必须马上去应对的人或事，不需要扮演任何角色，不需要任何伪装。这一刻的“空”，让人拥有了瞬间的自由——填满自己的自由，掌控自我的自由，放飞思绪的自由！

这一刻，思绪如藤蔓一般向四周浓郁的黑夜伸出纤细的触角——

惊诧！

静默中的蔓延，如同石入大海，没有任何着力点。

“他们说抽烟对身体不是太好
可是不抽的时候我的身体更难受
我越来越不确定戒烟的目的
难道生老病死就多了这一口？”

写歌的人质问：“我越来越不确定戒烟的目的，难道生老病死就多了这一口？”

笑：还没见过如此强词夺理的人，难道吸烟的害处还用多说？

他却说：“上天之所以没有给你所要的，是因为你要的还不够强烈！”

风马牛不相及？

恍然：难道所有的求不得，是因为我们没有上瘾？

瘾，到底是什么？

“就像深爱的人突然说分手
虽然心里很难过却要由衷的祝福

我越来越怀疑谁说爱过是幸福
反正身上都是未痊愈的伤口！”

他说：“瘾，是一种无法自拔的坚持！”

我觉得，坚持的背后需要持久的付出和耐心的等待。

他说：“很多人都抱怨生活没有给我们想要的，不是每个人的梦想都能实现，但我想也不是每个人的付出都有那么多！”

深以为然。

我们总是在向别人要东西，向老天爷要，向社会要，向家人要，向生活要，要不到就怨天尤人。不得不承认，社会很现实，没有钱、没有关系、没有基础，就可能分分钟都面对竹篮打水一场空的失落。可我们是否认真想过，是不是我们付出的还不够多？

逐步走向而立之年的我们，一直行进在原始积累的路上，一边看着别人职务一步步升，车子一辆辆换，房子一间间买，一边按捺不住躁动的心，总想能更快到达目的地，更快获得我们想要的东西，心里总是很浮躁，很担心，很焦虑。在这种无休止的焦虑中，失去的不只是时间和机会，还有对自己的信心和准确定位。

于是，怀疑：

工作上，有很多求不得之苦，是因为世事不公，还是因为我们不够坚持，不够努力，不愿意付出更多一些？

生活中，有很多爱别离之苦，是因为世事无常，还是因为我们不够坚持，不够努力，不愿意付出更多一些？

人生中，有很多生老病死之苦，是因为世事无奈，还是因为我们不够坚持，不够努力，不愿意付出更多一些？

……

可他说："机遇是你准备好的时候遇到的机会。如果没有准备好，就算有机会也是无法抓住的。"

再次恍然：或许，我们只是需要一点耐心和勇气。

在长长的人生路上，质变是一个瞬间，量变却是漫长的过程，需要耐心地准备，耐心地积累，耐心地付出，耐心地等待……

然后在这无数的耐心中，再加上那么一点"再坚持一下"的勇气。

"我经常嘲笑自己不能说到做到
忘不了那段甜蜜，戒不掉心中的瘾
我不知道这样坚持还有什么意义？"

瘾，或许还是一种无法自拔的欲望。

有位老同事曾说："你所有的犹豫和矛盾都来源于你的欲望不够强烈。你想要事业有成，可欲望的强烈程度却不足以让你放弃现有的一些个性或原则；想要家庭幸福，可欲望的强烈程度也还不足以让你放弃现有的一些利益或基础。"

有道理！

可，怎样才能上瘾？人生真的有那么一件事情或事物能让人无法自拔吗？

是工作？哦，不！虽然也喜欢工作带来的成就感，但正如同事所言，这种对成就感的欲望实在不够强烈，不足以让人为之改变自己的心性和追求。

是感情？亲人、爱情、孩子或许占据了大部分的生活空间和精力，可是，扪心自问，这能让人上瘾吗？除了亲人、爱人、母亲的角色外，我又是谁？

是旅行？旅行不是奢侈品，而是必需品，没有了远方的未知，人生还有多少值得期待？可，即使如此，也没有达到放下一切去流浪的地步。

是读书？书之于我，不过是一个借口，一扇窗户，一个独立的私密世界。与其说是躲在一旁读书，不如说是躲在书里不见外人。但，应该没有上瘾，虽然也有欲罢不能的时候，可一旦放下了，总有那么一段时间不再捧起。

是音乐？对音乐的瘾，就更无从谈起了。虽然很喜欢听歌，但也只是在寻找歌曲中的感动、感触和灵感，远达不到上瘾的地步。

是写作？在旁人看来，笔头功夫是工作中的一把利器，带有浓郁的名利味儿。然而，我却觉得写作是排毒养颜的佳品。当手指在键盘上飞舞，随着一声声清脆的敲键盘声，一串串文字就像五线谱的小豆芽一样冒出来，表达出自己心中的所思所想、所喜所恨、所忧所虑。当这些毒素被一点点排出体外时，心中获得一种难言的满足。文至于此，难道这就是目前最让我上瘾的事吗？

摇头，迷惑，不解……

“我经常提醒自己爱要不留余力
就算是握着真理，也要说错的是自己
最后知道爱不爱不需要什么道理！”

坦白说，欲望到了无法自拔的地步是很可怕的，特别是在各种欲望纠缠不清的时候。

他却说：“每一件事情，就看你要什么，如果要的不多，就可以不那么琐碎，就可以更简单一点，可以做你喜欢的事情。但如果你要的东西多了，你就必须要面对这些琐碎的事情，这是逃避不了的！”

于是，反复地问自己：想要什么？

要什么？

要什么？

要什么！

简单的生活，简单的思想，简单的追求，简单的快乐，简单地做着自己喜欢做的事情。比如说，简单地旅行、简单地读书、简单地写作、简单地处事……

“我经常提醒自己爱要不留余力
就算是握着真理，也要说错的是自己
最后知道，爱不爱不需要什么道理！”

我想要的是什么？无非简单而已。

我会失去的是什么？无非简单而已。

既然如此，

坚持，又有何难？

明天，又有何惧？

外面的世界

……………………………………………………

附注：《瘾》，一首很酒吧、很风尘又很有力量的歌曲，让听者感觉非常过瘾。词曲唱均为一人，他尝试用歌曲去表达自己而立之年的困惑和坚持的信仰，让人深深感受到歌者内心的强大，同时也忍不住给自己打气：加油！再坚持一下，一下就好！

虫儿飞

下班后，打开新闻，有关《阿凡达》惜败奥斯卡的消息早已占据多家网媒的娱乐头条。忽然又想起刚看完《阿凡达》时久久不能平静的心情，不是因为那些壮观的场面和特效，只因一些内心深处的东西，忽然被翻了出来，很熟悉，也很陌生。

于是，坐下来，敲击键盘。

阿凡达……

想说什么，千言万语却不知从何说起。

“黑黑的天空低垂
亮亮的繁星相随
虫儿飞
虫儿飞
你在思念谁……”

音响里正播放着女儿常听的歌谣，可爱的孩子，正在身边沉睡。望向窗外，已是深夜，万家灯火逐渐熄灭，楼下的池塘边，柳枝微微拂动，这是一个很安静的夜晚。仿佛又看到了那棵美丽的灵魂树，垂下的枝条，闪着荧荧的光辉，四周漂浮着白色的水母般游动的树之精灵……神奇且神圣！

每次看到纳威人与圣树之间，与奔跑在森林间的马儿之间，与飞翔在天空中鸟儿之间，甚至与那些林间的野兽之间的心灵沟通，都特别羡慕。原来，驯服坐骑不只靠强者的征服，更要靠心灵的交流。

总觉得做人很累，不是因为体力上要付出多少，只是因为人心太复杂，欲望太复杂，看不懂，摸不透，难揣摩，所以战战兢兢，所以如履薄冰。就像《盗墓笔记》中所说：比鬼神更可怕的，是人心。

所以，当看到美丽的纳芙特告诉杰克，要贴近坐骑的心灵，感受它的心跳，感受它的思想，用心与之交流时，觉得很感动。如果哪一天人与人之间的沟通也能如此简单而轻松，那该多好！

只是，当我们自认为无所不能、高高在上的时候，是否还会记得，那些被我们踏在脚下的也是生命！又或者，当我们沉迷于钩心斗角、尔虞我诈之中时，是否还记得，我们都曾经是如孩童一般简单的生命，为何越活越复杂，越活越学不会宽容？

“天上的星星流泪
地上的玫瑰枯萎
冷风吹
冷风吹
只要有你陪……”

生命，多么美丽的存在。在欣赏美丽的潘多拉星球时，在享受那郁郁葱葱的茂密森林和繁杂物种时，脑海里却不断出现地球被钢铁森林覆盖的情形，身边的绿色在消失，美丽的动植物在消亡，直到那一天，如《2012》中展现的一般，整个地球毁在了人类手里。可人类，你可以自我毁灭，却凭什么去毁掉其他生命的家园？

新闻每天都在报道世界各地的战争和恐怖事件，每天都在报道环境恶化和依旧浓烟滚滚的工厂，在有需要的地方总是第一时间看到义正词严的宣言——生存权大于一切。不是不为那些贫困地区心痛，但我总觉得或许真正对那些贫困地区的人们造成威胁的不是大自然，而是咱们自己！所谓生存权，似乎只是利益争夺中的一颗棋子，或许有一天，我们终将把自己带入2012的幻灭。

“虫儿飞
花儿睡
一双又一对才美
不怕天黑
只怕心碎
不管累不累
也不管东南西北……”

电影里反面角色以个人意志为中心，处处把自己的意志强加于人的行为，对我们来说实在是再熟悉不过了，因为在我们的文化中处处充满了“被”强迫的痕迹。工作中，我经常需要一家一户去敲门和询问：“你觉得生活有尊严吗？”这个“神”问题让我收获了无数的“卫生球”。或许，在每天低眉顺眼、小心翼翼的工作中，在面对各种能忍受的、不能忍受的现实中，在因为就业形势严峻而不得不妥协并继续熬下去的日子中，公民尊严早就不知被遗弃在哪个角落。彼此尊重，彼此宽容，彼此保留一定空间，己所不欲，勿施于人……似乎离我们很遥远。

我们不过是一些平凡人，不创造历史，也不可能改变现实，好像也没必要吃饱撑着躲在文字游戏里扮愤青。只是……

只是，在现今这个失落的世界里，至少应该有那么一些信念，足以支撑我们去面对也许是末日也许是新生的明天。

如果说《阿凡达》为什么吸引我，或许就是它始终传达的普世价值吧。

真、善、美、爱、正义、守护……

看着沉睡中的孩子，我想，作为母亲，从不指望孩子大富大贵、飞黄腾达，只愿她能成为一个充满爱的人，而这个世界也允许这样的人生存下去。

附注：《虫儿飞》是一首很美很干净的童谣，看到电影中美丽的灵魂树时，忽然就想起这首童谣的意境——夜，安静，虫儿低飞，荧光点点。坦白说，非常厌恶近些年的商业电影，浪费大量的金钱和资源去做一些不知所谓的东西。不过，看完《阿凡达》，还是被导演的梦想和追求震撼了，影片对于人际沟通、生命意义的探讨，对于爱与美的坚持，让我第一次觉得，如果花5个亿让全世界的人去拷问普世价值，或许也还值得。只是，看了众多评论，好像都只限于电影技术上的革新，可惜了。

半面妆

窗外，下雨了，闷热的天气终于得到缓解。细雨绵绵中的小路，安静而漫长。忽然，喜欢上这个下着小雨的午后，一个人，撑着伞，走在漫漫无边的树荫下……

“夜风轻轻　吹散烛烟
飞花乱愁肠
共执手的人　情已成伤……”

上午，一位同事收到老公送的花，开心之余却说这事儿以后不会再有了。大概猜得到原因，忽然想起这首歌里的这句词：“共执手的人，情已成伤。”

其实，很多时候，我们都曾经有过这种感觉：我们喜欢上一个人的时候，他/她是这个样子的——美丽、帅气、自信、优雅、时髦、幽默、体贴、善解人意。还记得那些吸引我们的男生女生吗？无一不是具备了这些看似美好的因素。可等我们靠近了，或干脆等到那个人也喜欢你的时候，才忽然发现他/她根本不是你原来以为的那个样子——他没有看上去那么帅气，没有那么幽默，大男子主义，不做家务也不体贴，喜欢跟别的女孩玩暧昧；她很软弱，不那么独立坚强，喜欢无理取闹，心思难以捉摸……

种种种种，在时间无情的流逝中，让人感到无法忍受的缺点一一暴露出来，于是感到失望，感到性格不合。

那么到底是哪里出了问题？是他/她变了？还是压根就是一个幻觉？

我总是想，或许，人们喜欢的都是那个展现在别人面前的样子，化了美丽的妆容，穿上漂亮的外衣，而原本真实的自己早已被层层包裹起来。

这就是商品社会的包装吧？

包装不仅出于恋爱的需要，也是社会交往的需要，现在还有谁会喜欢看那些素面朝天的真实的人呢？

还记得，参加工作以前曾问母亲，如何应对工作单位复杂的人际关系，母亲想了很久，只说了四个字：待人以诚。而这，在现代人看来真是一个莫大的笑话和讽刺，说得好听是“小清新”，说得不好听就是“二”。这年头，还有谁会对别人说真话，即使你说了，别人也不见得会相信吧？

“旧时桃花映红的脸
今日泪偷藏
独坐窗台　对镜　容颜沧桑……”

最近在看《男人帮》，顾小白在与小闵分手时产生的疑问让我同样迷惑：我们到底是忠于我们的爱情，还是忠于我们自己？这是一道选择题，也是一道伦理题。

同理：

我们到底应该忠于我们的生活，还是忠于自己？

到底应该忠于我们的家庭（亲人），还是忠于自己？

到底应该忠于我们的工作（单位），还是忠于自己？

到底应该忠于我们的国家（社会），还是忠于自己？

前者意味着更多的责任和包容，后者则更自我，更符合当下的价值观。

选择忠于爱情，或许一辈子只拍一两次拖，然后踏入爱情的坟墓，过着平平淡淡的生活；选择忠于自己，可能一直在不断的选择中徘徊，因为没那么简单就能去爱，别的全不看。

选择忠于生活，或许对待生活的磨难和平淡会有更多的耐心和毅力，也可能在无奈的生活中沉沦和迷失；选择忠于自己，可能生活更加波澜起伏，更加精彩，更加自由自在，也可能更加动荡不安。

选择忠于家庭（亲人），或许一辈子埋葬在爱情和亲情的坟墓里，或者甘之如饴，或者麻木以对；选择忠于自己，怕是最害怕家庭的束缚和责任，因为没有责任和牵绊，就不用担心谁，也不用被谁管。

选择忠于工作，或许一辈子勤勤恳恳，埋头苦干，做不了大官，发不了大财；选择忠于自己，或是成王或是败寇，一步地狱一步天堂。

选择忠于社会（良心），或许会向小悦悦伸出援手，而不仅仅是事后声讨；选择忠于自己，可能在援助之前还要对个人得失多一份考量。

……

然而，扪心自问，在内心深处，我们难道不是更希望自己能有那份自由去选择忠于自己，而别人能有那份仁义去选择忠于责任和良心吗？要求别人太容易，约束自己太难！

更何况，现实中的选择从来就不是黑白配！

“人扶醉　月依墙
事难忘　谁敢痴狂
把闲言语　花房夜久
一个人　独自思量……”

以前不觉得“忠诚”是一个难题。虽然，没有一条法律来界定忠诚，可它却似乎无处不在；虽然没有成文的约定，可评判的标准却又那么清晰。从国家到政党，从社会关系到宗教信仰，我从来没有质疑过它存在的原因。可在如今这个思维混乱的世界，忠诚却变成一道难解的伦理题。

拿“化妆”一事来说，如果忠于自我，就继续清汤挂面，做我自己，管别人是否开心。可现实中的人际关系又岂能如此儿戏？忠于自我的苦果，还是得自己品尝。那么，就忠于现实吧，学会逢场作戏，学会见人只说三分话，学会虚与委蛇……

“世人角色真是为谎言而上
她已分不清　哪个是真相
发带雪　秋夜已凉
到底是　为谁梳个半面妆？”

现代人，每天都在逢场作戏，因为这是一个充满谎言的世界。

有的人用“善意”来为谎言化妆，有的人用“无奈”来为谎言开脱；

有的人说谎已经成为习惯，有的人自己都搞不清哪个才是真相。

谎言，成为忠诚最大的敌人，无论是忠于自我还是忠于外面的世界。而在这个充满谎言的世界里，单纯、简单、善良就好像陷入狼群的羔羊，任人宰割，那么，让自己也变成一头狼吗？

可是，说谎，好难！

“世人角色真是为谎言而上
她已分不清　哪个是真相
发带雪　秋夜已凉
到底是　为谁梳个半面妆？”

怎么办？

一直走啊，想啊。

有太阳的时候，让太阳直晒弯曲的颈背，驱走浸满身心的寒意；下雨的时候，让小雨飘落在头顶，如同给自己浇一盆冷水，认清世界，也认清自己。

终于，我也明白了顾小白的恍然大悟：“忠诚这个东西，无关于对方，无关于什么关系，它只是你心里最宝贵的东西，最想珍惜，最想呵护的东西。为了这份东西的完整，你宁愿拼上所有的力气去排除所有的阻碍，来让心里的这份东西干净。我们都忘了，有时候，自己背叛自己，才是最痛苦的事情！”

“发带雪　秋夜已凉
到底是　为谁梳个半面妆？”

……………………………………………………

附注：《半面妆》好像也是一首老歌了，词曲皆美，用一种极为优雅的曲调和唱词描绘了一幅充满名利和谎言的浮世绘，既委婉动人，又极其幽默和讽刺，一如这段时间的心情。

Hey Jude

星期天的早上，运动回来，坐在沙发上，一边吃汉堡，一边打开电脑，昨天凌晨，伦敦奥运会开幕了！

“hey jude, don't make it bad.
take a sad song and make it better.
remember to let her into your heart,
then you can start to make it better.”

经历了北京奥运的激情，今年对奥运其实没有太多的期待，可，伦敦奥运用电影的手法，很快抓住了我的视线。

沿着泰晤士河，我们仿佛看到了英伦的文明起源，美丽的田园风光让我想起了去年自驾穿越英伦三岛时的情景。当镜头来到伦敦，再一次看到熟悉的大本钟、熟悉的伦敦眼、熟悉的伦敦塔桥、美丽的泰晤士河，不禁回想起那晚在轮渡上，倚着船舷，看着伦敦夜景，安静而美丽！

这样一个开场，虽然不够轰轰烈烈，但却温暖人心！

外面的世界

如果说北京奥运开幕式给我带来最大的激动和激情的话，伦敦奥运开幕式却给我带来满满的感动。

"hey jude, don't be afraid.
you were made to go out and get her.
the minute you let her under your skin,
then you begin to make it better."

开幕式带来的最初感动源自对英国历史的忠实回顾。

整场开幕式充满了电影的元素和味道，最初映入眼帘的伦敦碗就像是一个立体3D电影院，导演把美丽的英伦田园风光搬到了这里，于是在观众眼前出现了高低起伏的山地，辽阔的大草原，巍峨耸立的大树，还有许许多多身着传统服饰的英国人，他们在绿莹莹的大草地上，从事着传统的农牧生产，生活安详宁静。

可是，工业革命的到来很快打破了田园般的宁静生活。

当圈地运动以立体的方式在我们眼前完整再现时，我不禁佩服英国人对历史的尊重，毕竟圈地运动在我们看来是悲惨且备受批判的。然而，也正是这一代农民和产业工人的牺牲和血泪完成了英国资本主义最早的原始积累。

随着几个大烟囱的缓缓升起，整个现场被烟雾笼罩，显得混乱而充满工业气息，让人仿佛走进了双城记、雾都孤儿中的雾都伦敦。可事实上，现在的伦敦已经处处蓝天，不复当年的雾气蒙蒙。也许当文明前进到一定程度时，人们会达成共识，并共同努力去make it better。

"and anytime you feel the pain, hey jude, refrain,
don't carry the world upon your shoulders.
for well you know that it's a fool who plays it cool
by making his world a little colder."

伦敦开幕式带来的最深感动源自对个体的尊重和对生与死的诠释。

就在工业革命进行到20世纪初的时候，第一次世界大战爆发了。在这场残酷的战争中，有25万英国人死去，如果算上全世界为之付出的生命，远不止这个数字。将近100年过去了，伦敦还记得他们。那一瞬间，全场肃静，场上所有的舞者都暂停了表演，并低头默哀!

在演唱与主同行的时候，记忆墙上出现了无数的笑脸，伦敦同样记得他们。他们是开幕式当晚最希望到场却已不再可能的那些人，他们就是在2005年伦敦申办奥运成功的第二天，伦敦地铁恐怖袭击中死去的55个普通人！而当奥林匹克来到伦敦时，就是悼念他们的最好时刻!

这些小小的细节给了我莫大的震撼，一时间，仿佛又回到了那个庄严肃穆的荣军堂，回到那庄重的氛围里，默默地低下头。

看到这里，我渐渐明白，为什么老外们能搞出《阿凡达》、《泰坦尼克号》等主题、桥段并不新鲜却赚足所有人视线的电影了，因为在普通的爱情、正义战胜邪恶等剧情套路背后，还有对真善美的向往。哪怕你不相信，不承认，在我们心里，还是会有那么一点点空间，埋藏着对善良、正义、美好生活的期待。

"hey jude, don't let me down.

you have found her， now go and get her.
remember to let her into your heart,
then you can start to make it better."

开幕式对下一代的关注同样深深感动了我。

当我们关注经济发展，关注GDP增速，关注股市、楼市的时候，伦敦人用整整一个环节来展现他们对孩子和国民健康的重视。在这一环中，医护人员和孩子们一起展现了现代英国人最引以为荣的童话与国民健康体系。让我惊诧的是，所有的在场演员都不是专业舞美，而是真正的医生、护士和孩子；让我感动的是，在这么一个世界性的大舞台上，孩子和童话竟然成为一个重要的主题和环节，正式登上大雅之堂；而大概让全中国人都感到羡慕的是，英国人可以如此自豪地向全世界宣布，每一个英国人从出生到老死都可以享受免费医疗。

开幕式还有一个感觉比较沉闷的环节——爱情（英国流行音乐展）。虽然沉闷，但还是让人诧异：什么时候普通年轻人的爱情也能够以主题环节的身份，荣登世界盛事的舞台？或许，这种对个体的关注和尊重已经融入他们的文化血液中，所以导演在编排时，很自然地选择了这些普通的人、普通的故事、普通的场景，却给人以最深切的共鸣。就像广州亚运开幕式上的那首岭南民谣——落雨大，看似不够大气，却非常亲民。而“民”，即我们每一个普通人，才是一切世事的中心和焦点。

在奥运火炬入场的时候，出现了几个年轻而陌生的面孔，与想象中只有最出名的人才有资格持火炬入场的理念不同，英国人选择了几个非常普通的年轻人，却又一次很好地诠释了本届奥运的主题——激励一代人！

是啊，看到场上孩子们受到医护人员的精心呵护，看到年轻的男女主角在全世界人面前深情相拥，看到普通的年轻人高举火炬，充满朝气地奔跑，我想，或许不是我们不关注下一代的教育和国民医疗，只是在向全世界展示国家形象的时候，我们第一个想到的一定不会是我们的下一代。我们每天都努力地工作，努力地与天斗、与地斗、与人斗，可我们奋斗的目标是什么？我们努力的方向是什么？我们工作的意义又是什么？

或许没有几个工作中的中国人会停下来思考工作的意义吧？又或者，很多人都认为自己工作的意义就在于争取更好的生活。

那何所谓更好的生活？当我们每天吃着生化食谱，受着应试教育，学着与天地人斗争的心机和本领，我们又能为孩子提供一个怎样的生活环境和未来？我们又该怎样激励下一代更勇敢地奋斗，更积极地生活？

正如中山先生所说，当年革命先辈为了我们能生活得更好一点而付出了生命的代价。那我们能否为了下一代能活得更好一点，而对现在的工作或生活多一点责任感和使命感呢？

“so let it out and let it in， hey jude， begin，
you're waiting for someone to perform with.
and don't you know that it's just you， hey jude，you'll do，
the movement you need is on your shoulder.”

伦敦奥运还向我们展现了别具风格的英式幽默。

当《烈火战车》电影音乐响起时，有种既熟悉又非常严肃的感觉，

可镜头一切换到搞怪的憨豆先生，我和当晚的观众一样，不禁笑出声来。交响乐团指挥最后愕然且略带恼怒的神情，与憨豆先生的搞怪和无辜，更是相得益彰，让人忍俊不禁。主持人说得对：英国人的幽默很奇怪，他们总是在很严肃的时候表现得很幽默，而在本该幽默的时候，又显得特别严肃。

哎！这种在国际盛事上调侃自若，举重若轻的气度又何尝不是一种大国心态的体现呢？

“hey jude， don't make it bad.
take a sad song and make it better.
remember to let her under your skin，
then you'll begin to make it.
better better better better better better， oh.”

整场开幕式看下来，还有一个深刻印象就是：很世界！

在五环旗入场时，执旗手中有联合国秘书长潘基文先生，有诺贝尔和平奖的获得者，有致力于保护巴西热带雨林的环保主义者，甚至还有维也纳音乐会的指挥家。在表演者中，掺杂着黑人、白人、黄种人，甚至有孟加拉裔的领舞。这一切都让人更明白奥林匹克的含义——和平没有国界！

其实北京奥运也非常精彩，场面更加宏大，我看的时候整个儿是热血沸腾。只是，相比之下，咱们做出来的东西总显得民族的味道更浓一些。其实，展现民族风采并没有任何不对，但结合近些年各种网络言论来看，感觉社会上有一种民族主义的情绪在蔓延，似乎只要坚持民族的，就是一定是代表世界的。这是否也从某种层面上限制了我们自己，使国人都变成一只只敏感的刺猬，经不起刺激，经不起敲打，容易上纲上线，却忘记时时刻刻反省自己。

其实，中国也好，英国也罢，地球就这么大，世界就这么小，大家都是地球人。老外们早就把视野投向太空，把假想敌设定为非地球人，而我们还把自己圈在区区960万平方公里的国土内，是不是有一点狭隘？

“na na na， na na na na， na na na， hey jude
na na na， na na na na， na na na， hey jude
na na na， na na na na， na na na， hey jude
na na na， na na na na， na na na， hey jude”

不管怎样，伦敦奥运开幕式结束了，各项比赛开始了，总是希望看到祖国的健儿们能一展风采，更希望看到全世界的运动员们能为我们奉上一场精彩而干净的盛会。

国际奥委会主席罗格先生说得好：

“Reject doping. Respect you opponents. Remember that you are all role models. If you do that， you will inspire a generation.”

“远离兴奋剂，尊重对手，记住你是大家的榜样，如果你做到了，你就激励了一代人。”

“Character counts far more than medals.”

“品德远比奖牌重要！”

是的，在工作和生活中，职业道德也远比专业技能更为重要！

最后，套用塞巴斯蒂安·科在开幕式上的讲话：

"One day, we will tell our children, when we were young, we do the right."

"有一天，我们将告诉我们的子孙，在我们年轻的时候，我们做了正确的选择！"

……………………………………………………

附注：本想选用本届奥运会的主题歌来表达此文的感受，可看到开幕式最后，大家一起合唱这首老歌《Hey Jude》，忽然热泪盈眶。仿佛有一位老人，轻轻拍着我的肩膀，对我说：Hey, don't make it bad（不要把事情想得太坏），don't be afraid（不要害怕），don't let me down（不要让自己倒下），take a sad song and make it better（唱一首悲伤的歌，然后让一切好起来）！加油！

时间都去哪儿了

好久好久好久没有独坐书房，不是加班，不是陪孩子做手工，不是上网查资料，只是坐在竹帘的阴影里，安静地喝杯下午茶。

时间都去哪儿了？

“门前老树长新芽
院里枯木又开花
半生存了好多话
藏进了满头白发……”

不知道是因为孩子渐渐长大了，还是因为青春一去不复返了，时间的流逝速度忽然加快起来，仿佛睡一觉的工夫，一年就又过去了。而最糟糕的是，留下的快乐记忆却不是很多，隐隐约约多了一些担忧和不安。

为什么？

从懂事开始，就很喜欢问为什么。人为什么要活着？为什么要努力学习？为什么要努力工作？为什么要妥协？为什么要坚持？为什么要奋斗？为什么要学会满足？为什么不快乐？

……

其实，好多答案都是在经历过一桩又一桩的事情后慢慢找寻，又慢慢改变。

“记忆中的小脚丫
肉嘟嘟的小嘴巴
一生把爱交给他
只为那一声爸妈……”

至今仍记得那些质朴感人的故事，让小时候的我曾发誓要报效祖国，服务社会；至今仍记得那些厚厚的书本，散发着纸张的香味，描绘着一个又一个无比精彩的“外面的世界”，让年少轻狂的我发誓要走遍全世界；至今仍记得那些宣扬真爱和善良的漫画、小说、电影，还有美丽的诗句、歌曲、图画，让我相信世界的美好和真实，相信正义一定会战胜邪恶，善良一定会战胜丑恶。

至今我还是这么相信也是这样身体力行的，同样也是这样讲给我的孩子听。只是……

真实的生活不是故事，不是小说，不是童话，现实可能没有那么多丑恶，但也一定没有那么多善良，或者说，没有那么多道理和正义，没有那么多理所当然。

到底是谁偷走了我们的快乐？

时间？

工作？

生活？

约束？

他人？

制度？

“时间都去哪儿了

还没好好感受年轻就老了

生儿养女一辈子

满脑子都是孩子哭了笑了……”

这几年，陆续走了好些国家，有的很落后，有的很发达，各有各的魅力。可是，好多朋友都觉得奇怪，为什么我就是喜欢德国。也有好多人说是不是因为德国没有直接留给我们侵略的伤痛，所以才会被这个国家美丽的风景迷住。

其实真的不是。诚然，这个国家的风景确实很美，但真正吸引人的是这个国家的秩序，是这个民族的自律性。

走近日耳曼民族，会逐渐体会到它的“可怕”。德国人的自律性似乎已经深入骨髓，随处可见。无论是秩序井然而无须限速的高速公路，还是斑马线前自动停让的车辆和行人；无论是精致到每一个角落的德国厨具，还是无处不在的贴心小设计，秩序和舒适无处不在。既不需要担心因为塞车、封路、交通事故等各种未知因素对计划的干扰，也不需要担心GPS的错误导航；既不需要担心扶老太太会被讹诈，也不需要担心自己的正当权益随时会被侵犯，就好像人生不会失控一样。当然，这样说也许有点夸张，也不是对自己国家的发展程度不理解不支持，其实，对于这个民族的欣赏主要是出于他们对制度、承诺的言出必行。

举个小例子，正是因为大家都接受并承诺遵守交规，所以德国高速路的超车道几乎没有车，每一辆车超车后都会自觉地回到原来的车道，因此不怕塞车。本来一直喜欢开超车道的我们也会自觉地遵守这个规定，因为不开超车道，跟在大货车背后，也能保持150迈的时速。不用担心，不用害怕，不用因为看到别人插队而感到不公平。

这就是对制度和规矩的无条件的执行。

我们日常的一些不快乐，其实往往就是由不可预知的变化带来的。一直很不能理解一个制度为何可以有如此多种不同的解读和执行方式，而且是随意的、任意的解读和修改，让人不安又无奈。

曾听一个老外说："我已经提前半年告诉你我具体哪个时间要休假，有足够的时间给你安排好各项工作，你怎么能到我休假时才说不给假期？"这是信用问题。不是我们对工作不重视，对突发情况不理解，如果真的有突发事件，我们早就习惯了个人为集体而牺牲、奉献。但是我们的制度是否真的关注过个人的正当权益？是否真的习惯于对个人也同样讲信用？政府对百姓是这样，领导对下级是这样，甚至下级晋升以后也会用同样方式对待其他人。似乎我们并没有意识到信守承诺不是从建立什么征信体系开始，而是从我们的工作和生活的点点滴滴开始！

诚信，不是从改革体制做起，而是从改变自己做起！

"时间都去哪儿了
还没好好看看你眼睛就花了
柴米油盐半辈子
转眼就只剩下满脸的皱纹了……"

为什么我们明明已经很努力，却依旧不开心？

为什么我们明明已经很努力，却依旧很不安？

因为，我们生活的环境太没有安全感。所有东西都会随时被推翻，所有今天看起来是真实的东西，明天可能都会变成镜花水月，空欢喜一场。为了快乐起来，我们要么不停地自我调整，看老庄，读佛经，听古典；要么就去跟乞丐比、跟山区比、跟那些活得更糟糕的人比较，寻找一些自我慰藉。

说句实话，这难道不是自欺欺人吗？自己蒙住自己的眼睛，告诉自己这个世界很美好，我们都过得很幸福，我们的心都是快乐的……

呵呵，这跟鸵鸟有什么区别？

时间去哪里了？快乐去哪里了？

都被不守信用的世界偷走了。

“时间都去哪儿了
还没好好看看你眼睛就花了
柴米油盐半辈子
转眼就只剩下满脸的皱纹了……”

哎，时间都去哪里了？

柴米油盐，转眼半辈子很快也要过去了。

在寻找快乐的过程中，渐渐地有种宿命感，那是一种看到尽头的感觉。

难道不是吗？

外面的世界

其实，每个人的终点都是一样的。无论你是高官还是平民，无论你今天是十八还是八十，终点都是一样的。只是走向终点的方式、过程、需要用到的时间不太一样而已。但总有一天，我们会在同一个终点相遇，然后，无论我们是否曾经相识，都要化为一缕青烟，告别这个曾经让我们又爱又恨的世界。

既然终点都是一样的，那我们现在的相互折腾和争斗又是为了什么？平平安安相处，与人为善；好好过好日子，不折腾；努力工作，对得起天地良心；好好教育孩子，不祸害社会。出门的时候，多点微笑，多点礼让，多说两句谢谢和对不起，多点相互包容和理解，多点相互帮助和支持，少点吐槽和相互取笑、埋怨。

这不就行了？多简单！

如果真实的世界是那么简单，大家都遵守规矩，都秉持正义，都相互尊重，都不随意越界和侵犯他人权益，那该多好！

可惜……

“时间都去哪儿了
还没好好看看你眼睛就花了
柴米油盐半辈子
转眼就只剩下满脸的皱纹了。”

时间都去哪儿了？

快乐都去哪儿了？

……

……………………………………………………

附注：《时间都去哪儿了》这首歌的主题和立意都唱到现代人的心里去了，会红会火并不奇怪。一个安静的下午，一次平静的自我对话，有了上述文字。正如文中所说，生活中已经有太多虚假，实在不想再做过多修饰，只是最真实地还原一些想法，与君共享，可以不认同，但衷心祝愿每个看文的人也都能保有属于自己的真实世界和简单安静的生活。

北京北京

3月的第一个星期天，坐在星巴克的窗前，等女儿下课。原本温暖的冬天刚要过去，忽然刮起了冷风，带来一个似乎有点寒冷的初春。

摆弄着刚办的星巴克会员卡，想，好久没喝咖啡了。

“当我走在这里的每一条街道
我的心似乎从来都不能平静
除了发动机的轰鸣和电气之音
我似乎听到了他烛骨般的心跳……”

咖啡的味道，让我忽然想起了多年以前深圳的夜晚。那时我在深圳倒班，最好的朋友在星巴克打工，学着调制自己其实并不怎么喜欢的咖啡。

其实，我也不太喜欢咖啡，不明白为什么那么多人喜欢咖啡，喜欢星巴克的感觉，就如同当年的我，写文章时都喜欢窝在咖啡馆的小沙发里。也许是喜欢这种小资的情调，也许是享受这种被温暖的咖啡、音乐和沙发包围的私人空间。也许，就是有一种偷得浮生半日闲的快乐。

一个多月前，办公室搬到了一个商业广场附近，没有了大院和饭堂，一时间，早餐不知上哪儿凑合。于是，在一个同样寒风凛冽的早晨，身着一身职业风衣，蹬着一双高跟鞋，拎着在肯德基打包的早餐，抱着一杯暖暖的奶茶，穿行在行人寥寥的写字楼间，感觉有点“程又青”——白领？小资？熟女？

这是我们曾经追求的生活吗？

毕业前夕，一位大学舍友曾指着高高的深圳地王信誓旦旦地说：“我要在这里上班！”

如今，她已经是一位幸福的妈妈，显然她现在的生活模式与在大学里憧憬的大相径庭。

我疑惑，到底什么样的生活才是我们真正想要的。

“我在这里欢笑
我在这里哭泣
我在这里活着
也在这里死去……”

年前回深访友。坐在老地方，早晨的阳光洒在洁白的餐桌上，如同当年的笑声，那么灿烂。那时，他们总是喜欢热议时下最新的话题或案子，要么就是跟我们讲讲当年查缉毒品时的英勇事迹，或是议论一下新开的楼盘和地价，又或者一起批判上司的不讲情理。似乎，只要一起骂过上司，就算是进圈子了。对于刚毕业的我们而言，他们的言谈里是那个身处改革前沿的深圳，是一个五光十色的世界，我们在这些交谈中，迫不及待地汲取社会生活的经验和知识。

外面的世界

如今想想，离开已经三年，离开时，一群感情很好的同事为我饯行，面对满满一桌子的人，很感动，很不舍。离开后第一次回去，只约到三位老同事，听到很多物是人非的故事，唏嘘不已。而年前第二次回去，只有两位老同事过来了，其他的不是因为退休而淡出工作时的社交圈，就是因为工作、生活等种种原因，想法和追求都与原来的老友渐行渐远。

时过境迁，不外如此。

只是，心里多少有点失落：时间流逝，我们在这里寻找，我们也在这里失去，我们获得了什么？我们失去了什么？

“我们在这祈祷
我们在这迷惘
我们在这寻找
也在这失去
北京　北京……”

沉思中，两个大笑着说话的声音传入耳朵，我知道她们来了，就像王熙凤一样。她们一个是将要奔五却风采依然的美女，一个是行进在奔四途中容颜不变的轻熟女，时间似乎在她们身上停住了，无论是外表还是个性都与当年无异，让我既诧异又略微羡慕。

一杯清茶，些许茶点，我在她们的笑谈中获取这些年我所不知道的人事变化，品味那些被错过的精彩故事。仿佛，我又变成当年刚毕业略带青涩的freshman，总是安静地坐在一旁，倾听，享受这个永远不是主角，却永远不会被排斥的角色。

两小时听下来，我似乎明白了她们容颜不变的原因：无意上位的人生追求，轻松简单的工作，没有房贷压力的生活，可自由支配的收入……

其实，她们的工作模式曾经让我无比恐惧。试想自己将在同一个岗位耗尽青春，慢慢变老，多么可怕！可如今看来，似乎没有我想象的那么糟，也许是因为她们买房买得早，也许是孩子从小教育得好，所以她们才有那么多时间在深圳这个节奏快得不得了的城市过上慢悠悠的生活。

那么，这是我曾经追求的生活吗？

“咖啡馆与广场有三个街区
就像霓虹灯到月亮的距离
人们在挣扎中相互告慰和拥抱
寻找着追逐着奄奄一息的碎梦……”

那天，还见到了老公的舍友，也是我的大学校友。毕业数年，当这些曾经的阳光帅哥们再度碰面，彼此都已将迈入中年大叔的行列。每念及此，我都不由得想起了《绅士的品格》里的那几位大叔，实在是忍俊不禁：原来时间对男人来说，也是一把杀猪刀。

其中，一位是我的老乡，其貌不扬，毕业后一直留在珠海校区旁的软件园中从事老本行——软件开发。几年前，他因为工作出色，被调到北京总部，当时，我们笑他也赶上了北漂的潮流，他却自信满满，充满期待。

他的北京追梦过程，我们并不太了解，只知道现在他也混得不错，自身气质慢慢地也发生了转变，从原来的技术人员变成了管理人员，接人待物都更加圆润成熟。听说，他已经在北京买了房，尽管可能是在四环外，但至少买了；也买了车，尽管天天都得忍受可怕的大堵塞，但至少不用每天挤公交做沙丁鱼；他娶了老婆，也即将做爸爸了，尽管孩子可能要呼吸着PM2.5一直超标的空气，但至少以后上北大清华的概率也是大大增加了。所以，言语之间流露的满足和自豪，让我们由衷为他高兴，大部分男人为事业而奋斗的最终目标不都是拥有一个家，并且让家人过得越来越好吗。

不过，他说还是想回广东生活，也许是生活习惯不一样，也许是气候难以适应，也许是家里老人需要照料，也许，活在北京，也是很累的。个中缘由，不足为外人道矣。

“我们在这欢笑
我们在这哭泣
我们在这活着
也在这死去……”

另外一位也是帅哥，高大、阳光、帅气，他也曾经在深圳拥有一份稳定的工作，夫妻俩是同事，住在单位宿舍里。不过，前两年，就先后下海了，如今在深圳万象城和益田假日广场等铺租极高的大型商圈中，拥有属于自己的店面。我们应邀参观了他的分店，店面不大，却四处流水潺潺，绿意浓郁，布置得很是有格调，店里多是各类陶瓷工艺品和茶具，还有一些规格比较大一点的流水件，感觉很是雅致。

坐在阳光灿烂的午后，看着三个阳光大叔兴致勃勃地谈论人生。我不禁偷笑：如果说，时间最能消磨骄傲女孩的斗志，那么时间最能增添男孩的魅力。进入三十岁以后，美丽的女孩们都相继为妻为母，在家庭与孩子中获得爱与温情的同时，也逐渐放下对事业和成功的欲望，因为她们越来越发现，女孩想要在社会上获得成就远比在家庭里获得肯定要来得困难许多。男孩们则恰恰相反，当年的调皮小子，随着时间和阅历的增长，逐渐变得成熟，理智和客观的思维模式，帮助他们逐渐在社会上站稳脚跟，要不怎么说大叔的魅力仍然让很多年轻女孩前赴后继呢。

不过，在交谈中，我们也深深体会到下海经商的不易：这样一个店面，每月租金过十万，还有各种货物、仓储、人工等等，一个月数十万的投入，如果只卖几件数千元的商品，怎么平衡收支？老公听完老友的生意经后，不禁感叹：果然不是谁都能做老板的！是啊，表面风光的背后永远有我们无法触及的艰辛和伤痛，从老同学无比纯熟老练的接人待物和言谈举止可以想见，这些年，经济大起大落，他们是怎么熬过来，又怎样在逆境中力争上游的。心里越发佩服，同时也越发平静，或许，在他们眼里，最幸福的是我们，生活安逸而没有生存之忧。

“我们在这祈祷
我们在这迷惘
我们在这寻找
也在这失去
北京　北京……”

看着窗外匆匆的人流，深圳抑或北京，大抵相同。大街上、地铁站里，多少人在城市的写字楼和地铁站之间穿梭，多少人在工作与生活之间奔波，在理想与现实中挣扎和妥协，无数人梦想着到北上广深追梦，每天都有人创业、上位、失业、破产，还有无数的人在一日复一日的平凡生活中，渐渐变得麻木，慢慢老去。

活着，抑或死去，这就是我们每天的状态。

渐渐地，记忆中的那些碎片慢慢重合，拼组成一幅又一幅奋斗的画面。忽然又感到庆幸，多么庆幸，曾经拥有过那些漂泊和奋斗的经历，让我深深体味到平淡生活的美好；多么庆幸，曾经在年轻的时候已走过那些迷惘的岁月，让我现在可以心甘情愿地沉淀下来，拥抱安静的一天。

似水流年，岁月静好！

“如果有一天我不得不离去
我希望人们把我埋在这里
在这儿我能感觉到我的存在
在这有太多让我眷恋的东西……”

昨晚，一位老同事因送女儿上大学而顺路过来看我。

站在酒店的落地窗前，我们议论着眼前这个珠三角中的二线城市。

她问我：“这里就是市中心吗？”

我答：“算是吧，繁华程度自是不能与深圳相比，但对我这个不逛商场的人而言，也没差。”

她问：“上班远吗？”

我用手指在窗玻璃上画了两个圈，一个是我家，一个是办公室，答：“上班大概就15分钟车程吧，与以前动则个半小时的深圳相比，还能接受。”

她问："父母跟你们一起住吗？"

我答："是啊，不过他们住在对面小区，距离不远也不近，中间就是我女儿的幼儿园，我和母亲都非常满意。"

她笑了："听起来似乎不错。"

我也笑了：是呀，曾经坐在班车上，望着窗外无比期盼一个属于自己的家，如今不是都已经拥有了吗？

忽然，幸福感油然而生。

也许，人总是需要别人偶尔的提醒，才能跳出生活的囹圄，换个角度看问题。

晚上，在门外等他们一家人一起吃饭。忽然，一个身材高挑，长发飘飘，酷似混血儿的少女从房间走出来，眼前一亮！当年的小姑娘长大了，她们母女俩站在一起就像两朵特别耀眼的双生花，让人不禁期待二十年后我女儿长大的情形！

到时，我也带着她一起逛街，一起旅行，一起喝咖啡，一起听音乐会，一起聊女生的心事……

蓦然发现，我一直追求的生活早已被我握在手心里，只是，我没看见……

"我在这里欢笑
我在这里哭泣
我在这里活着
也在这死去
我在这里祈祷
我在这里迷惘
我在这里寻找

也在这失去
北京　北京……”

……………………………………………………………

附注：《北京北京》的歌词极富画面感和人文内涵，让我一次次回想起深圳的那些时光。其实，北上广深与其说是无数人追逐的城市梦，不如说是年轻人想要追求一些和父母辈不一样的，埋藏在内心深处渴望认同、渴望实现理想、渴望自由的小小私心，就如同Beyond唱的：“原谅我这一生不羁放纵爱自由。”是啊，哪个年轻人没有过不羁放纵、追逐自由的梦呢，只是现实总是不能忍受这种放纵，而把我们打磨成一颗又一颗光滑的鹅卵石。文章写到最后，眼睛里忽然升起一阵雾气，有点想流泪的感觉。也许，只有家和亲人才是那根拴住自由的线吧，让我们最终都心甘情愿地窝在家的温暖里，不再远游。

NG RI SHI GUANG

往日时光

朱彦晴小朋友涂鸦作品

一叶知秋

傍晚时分，带着宝宝在小区里散步。宝宝正处于咿呀学语的时期，喜欢用嫩嫩的声音重复着每一个新鲜的单词：天空、星星、月亮、灯灯、车车。蓦然抬头，楼宇间漏出半片微蓝的天空，忽然，心跳仿佛漏了一拍，泪水瞬间涌上眼眶。

轻轻闭上眼睛，耳畔传来淡淡的歌声。歌声里有熟悉的蓝天，蓝得那么纯粹；歌声里有熟悉的微风，轻轻拂面，不起涟漪；歌声里有熟悉的潮升月落，泛黄的信纸写满回忆；歌声里还有熟悉的心情，轻松愉悦，没有压力。那是在学校里的时光……

“潮升月落雨淋湿传说
一张信纸写不下许多
你想起的我在望着什么
你张开的双手在等什么……”

怀念珠海校区，最怀念那里的蓝天。每天傍晚，吃过晚饭，抱着厚厚的两本中英文版《经济学》往教学楼走去，先从荔园宿舍区走上学一饭堂后面的山坡，沿路看看同学们打网球、打篮球，然后从草坡走向隐湖的荷花。那时，从高高的草坡走下去，时常能看到清澈的蓝天，顺着绿色的草地一直蔓延到清澈的湖水中。

想念珠海校区，最想念图书馆落地窗外的风景。我们的图书馆是一本打开的书，每层楼都有一整面干净明亮的落地窗，直接面对大海，潮涨潮落的风景一览无遗。六楼是小说、传记的藏书区，靠窗有一排四方桌。当年我最喜欢在桌子上堆满书，慢慢看，慢慢读。每次埋头苦读那些厚重的经济学理论时，一想到自己背后有一大片文学藏书，就感到充满力量。

图书馆窗户外的风景是最美的。最喜欢把凳子搬到直面窗户的方向，每次在厚厚的书堆中抬起头，总能看到海面上起起伏伏的小岛，看到在天空中堆堆砌砌的白云，看到浪花里摇摇晃晃的渔船，便仿佛忘记了读书的疲倦。如果此时，手边再有一杯清茶、一本值得品味的好书、一支笔和一本从不离身的笔记本，那就完美了！

大海永远是变幻莫测的，尽管珠海的日子大多充满阳光，但至今留在记忆最深处的还是那年在图书馆里看台风的情景。那天，可能是因为刮台风的原因，图书馆里人很少，冷冷清清的。窗外刮起了狂风暴雨，海面上乌云压顶，大风把海浪高高卷起，一股股水龙柱在面前不断旋转升高，然后重重地击打在礁石上，激起一片惊涛骇浪。风雨中的小岛，犹如一叶小舟，在狂风巨浪中翻摇不定，令人惊心动魄。

“你想我吧　在某一个刹那
你正面对一杯青涩的茶
你已老去了吧　不再为梦疯狂

你平静了吧　像海上的花……”

思念珠海校区，最思念当年的同学和舍友。在那里的两年正是初入大学的两年，上没有师兄师姐的约束，下有师弟师妹的仰慕，我们这群珠海“拓荒牛”获得的自由和自主权是最多的。那时，除了疯狂看书外，也投入了很多精力在社团活动。在那里，结识了团委的一群好哥们儿，一起为同一个活动忙碌，一起为同一个方案争执，一起为共同的成功而欢呼，一起分享困惑和喜悦。那段共同奋斗的时光让人有一种不孤单的感觉，很美好！在那里，因为旅协结识了一群爱好旅游的朋友，在丝绸之路上，我们一起疯狂了二十多天，充分享受青春飞扬的美好时光。

更思念朝夕相对的舍友。那时，一间宿舍住四个人，我们宿舍里住进了一位法律系的学生。大一时入住的是一位德国华裔，头发很长，人也很健谈。在她的带领下，我们在珠海的第一个圣诞节，过得有声有色。那天，才12月初，她便按照家乡的习惯采购了很多圣诞节的装饰品，我抱着厚厚的课本下自习回来，看到被蓝白交织的彩带装点的大门时，竟不敢相信自己的眼睛。走进房门后，还看到悬在半空的玫瑰花和气球。最棒的是，落地窗旁，有一棵大大的圣诞树，两位美女舍友正在为圣诞树挂彩灯。圣诞树下留出了放礼物的地方，她说，我们每个人都要准备一份礼物，平安夜里放到树下，这样圣诞节早上起来，每个人都能得到一份礼物。感觉真棒！

说起圣诞节，我一定不会忘记在珠海校区度过的第一个平安夜。傍晚，住在对面楼的男生们，开始用自己的方式吸引女生的目光，如露骨的表白和号叫等。可，入夜后，事态开始失去控制。男生们渐渐不满足于口头的呼喊，开始使用水管向对面浇水，后来演变成玩火、使用灭火器，还向对面扔酒瓶、鞋子、书本等各种杂物。辅导员老师曾试图走到男女生楼之间平息事态，可刚一冒头，就被一个酒瓶砸过来，只能躲在宿舍里不敢出头。外面越来越喧闹，还夹杂着一些男生大声哼唱《单身情歌》的走调音乐。后来，舍友阿JO终于受不了了，骂了一句“shit”，抓起一只军训时穿的布鞋，大步走到阳台，狠狠地往对面的男生宿舍砸过去。她力气大，鞋子被扔得很远，几乎能够到对方的阳台。这一手厉害，大家都被镇住了。哈哈！

“曾经牵着手说的以后那个普通路口
如今月如钩　海棠消瘦　一叶知秋
流星只听见一句誓愿　就落在你背后
下雪的冬天树梢上挂满流年……”

想念啊！想念那些年的自由自在，想念单纯的友谊，想念青春年少的时光。牵着宝宝的手，看着夜幕落下，新月如钩。如今，已是海棠消瘦，一叶知秋。

亲爱的朋友们！你们可都还好？

南方的冬天不下雪，树梢上却仍然挂满流年。那是我的记忆，我的想念，还有我的祝福。

朋友们，已入深秋，注意身体，一生平安！

……………………………………………………

附注：《一叶知秋》是一首美丽的歌曲，喜欢这首歌不仅仅因为其民谣风格的旋律让人沉醉，更多的是因为这首歌的歌词。“如今月如钩　海棠消瘦　一叶知秋　下雪的冬天　树梢上挂满流年……”富有文学气息的歌词，把深秋的风景和心中的感伤表达得如此诗意，令人不禁叹息，一叶知秋。

她们

风和日丽的下午，喜欢坐在窗台或阳台上发呆，这是在大学时就已养成的习惯。记得当时舍友曾养了一盆芦荟，每次浇水后，都有些水滴挂在枝头，像极了女孩的眼泪。

在我周围，女孩的眼泪是不多见的，因为她们是一群娇艳而骄傲的花朵，世人永远只能看到她们高昂的头颅，挺直的脊背，看不到她们背后的柔软和心伤。毕业数年，她们在各自的城市和行业里，奋斗着，努力绽放自己的光华。

忽然间，我很想念她们。

“我家阳台有一盆花
在慢慢地枯萎
那甘露落在白色的花瓣
像是她的眼泪……”

“又发呆啊！”肩膀上被人猛地一拍。

把我从沉思中唤醒，需要极大音量和突然袭击，只有她才能做到。

她，是阿JO，我大学的舍友。身为一名篮球女将，她体格“魁梧”，个性要强，外向活泼，是我们屋里的主心骨，也承担起主要的体力活，如换水、洗衣、修电器和水龙头等。

“你要不要去听晚上的音乐会啊？”

一个柔软的声音在耳边响起，我知道，是她下自习回来了。她，娜娜，一个温柔似水的古典女孩，琴棋书画，无一不精，内向而文静，与阿JO形成冰与火似的鲜明对比。

我们仨在一起住了两年，相互谦让，从不争吵，也从不干涉，更不会天天黏在一起，甚至很少坐在一起聊天。

相比柔弱的娜娜和我，JO是极有魄力的女汉子。还记得那晚，我在隔壁宿舍讨论习题，正准备离开时，忽然发现宿舍门锁坏了，出不去。无奈之下，只好扯着嗓子求助。JO很快出现在门外，先是冷静地让我退后，然后随着一声暴喝和巨响，门被一脚踹开！她就站在门口！留下另一宿舍的女生，对着完全报废的门锁，欲哭无泪。

在珠海校区的时候，我总是把时间排得很紧凑，除了忙着看书，手头还堆积了许多社团工作，还有各类活动要组织筹备，日子过得特别紧张。可就在这段日子里，印象最深的竟然是阿JO的一条短信：

“我做好了饭菜，晚上记得回来吃。”

我记得当时自己吃惊得眼珠子都要掉下来，并早早回到宿舍，她正在阳台忙活，还是那熟悉的大嗓门：

“先洗澡吧，待会就可以吃了。”

她做的是西兰花，我以前从来不吃，不过她的手艺很好。后来，她告诉我，这是她第一次做菜，心血来潮，凭想象做的，我一时无语。

后来，她兴趣过了，就不做了，可自那以后，我喜欢上吃西兰花。

在珠海的日子，最喜欢周六，可以忙里偷闲，和娜娜一起去上音乐课。她是一个才艺双绝的女子，有着艺术家的气质和不俗的品位，和她一起混，总感觉生活很精致，很安静，很美妙。有一次，音乐老师没来，我们便溜了出去，坐了半个多小时公交车到香洲区的必胜客喝茶。从早上到晚上，我们聊着喜欢的话题，竟然忘记了时间。那是我一生中唯一一次纯艺术的聊天，我们聊古典音乐，聊希腊神话，聊文艺复兴，聊中西哲学，2/3的时间是我在说，几乎淘尽我脑中所有的典藏。事后，我常想，幸好阿JO不在，否则她一定崩溃。

“这城市生长着许多花
很娇艳也很骄傲
她们拥有七彩的衣裳
她们唱歌尽情地跳舞
我爱她们灿烂的笑容
在阳光下面瞬间地开启”

当太阳又开始西斜，放学的铃声响起，她应该下班了。俊是我相识二十余年的发小，极富个性，也很感性。她毕业于非名牌大学，比起之前那些女孩，她工作后的路走得更为坎坷。

记得那年，她刚毕业，只为等待一个在北方读书的男生，也为了看看外面的世界，她放弃老家稳定的教师工作，独自一人到深圳打工。那年，她在深圳帝王附近的星巴克煮咖啡，每天下夜班时，都已是凌晨，她总是一个人走夜路回宿舍，这份胆量让我钦佩；她曾在培训中心工作，一边自学，一边给别人教授自己不熟悉的知识，这份实力也让我钦佩；她曾在酒店里做财务，没学过经济和财政的她，边学边做，把工作做得人人称赞，这种才能更是让我钦佩。最后，她在被聘为总裁助理的时候，因为和男友分手而毅然决定回家教书。现实如我，曾经觉得她不理智，并一直劝她珍惜现有的成绩，可却忘记了她也只是一个女人。二十多年的交往里，她从不曾在我面前掉过眼泪，可我想面对深圳这个拥挤的城市，她或许是累了，所以离开。

当然，坚强如她，回家后的日子依然惬意，前阵子还说，也许过一两年，她又会到广州找工作。习惯了稳定的我，再次华丽地晕倒。在她的字典里，似乎没有稳定一词。而她，也永远是我最钦佩和羡慕的女人。

“我问花儿为什么哭泣
是否感到有一点孤寂
这个城市实在是拥挤
花儿请你也别太在意……”

窗外的城市依旧纷繁复杂，她们就是这样一群生长在城市里的花朵，面对男人天下的社会和喧嚣的都市，她们毫不畏惧，从不退缩，依旧努力地绽放自己的光彩，为自己挣得一片天空。

人生没有永恒的精彩，人间没有永恒的美丽，也许容颜会随着岁月流逝而老去，也许盛开的花瓣会因为积满灰尘而失去颜色，可，坚强的女人们啊！她们却永远绽放着美丽！

认真地活着，就是一种美丽！

……………………………………………………

附注：《她们》是一首原创作品，尽管歌曲结构不能说得上非常成熟和完美，但依旧令人感动。感动是因为我们都是一群坚强却也脆弱的现代女性，感动更是因为歌者对都市女孩的特别细腻的关注和关怀，让人心生慨叹。

轻描淡写

坐在南大门外准备论文答辩，窗外，春意正从各个角落里慢慢地溢出来，转眼，又是一个人间四月天。

“如果能够明天醒来就不记得你的样子
我愿意用很高的代价去做这样的事……”

一张长方桌，两张长沙发；一杯摩卡，两本书；一段悠闲的旋律，两扇干净的窗户……

窝在宽大的沙发里，双腿蜷起，长发微卷，散落在靠垫上，眉头微微皱起，默默地记忆。

知识管理，公共政策，人力资源，自由，宽容，妥协……

一众名词划过我的脑海，好久没有这种思考的感觉，很熟悉，很陌生，有一点痛苦，也有一点……快乐！

读书的时候，迫切地渴望考试的日子快点过去，工作以后，却只愿，一觉醒来，一切都回到当初的校园。人生若只初相见——内心深处的梦想，因为人生的不可复返，而变得格外美丽。我们睡着了吗？我们是在做梦吗？不，在我们内心深处，一直都清醒地知道，一切都回不去了。

“虽然善良让我在多数的时间里能控制，
可是我真的不想太理智……”

回想昨天从机场出来时看到的情景，印象中枯萎凋零的南京，竟然染上了一星春色，是嫩黄的油菜花，是粉白的樱花，是紫红的梅花，是泛着嫩青色的杨柳枝，是……

春风在一片花丛中漫步，温暖着远道而来的游子。自小便在南方生长的我，终于明白春天的样子，即便再寂寞的生命，也能感受到阳光的温暖和安详，就像身边的歌声一样，在决绝中唱出希望。

默默地注视着，那些尚未脱去枯黄外衣的枝头，泛起朵朵鲜艳，生命就是这般让人动容！在这片姹紫嫣红的世界里，我放弃了控制已久的理智，找到丢失已久的宁静。

眉心渐渐放松，嘴角绽开一个微笑，从容地道声，日安。

“记得那段分分合合而且不算短的日子
却没有一次可以坐下来好好地解释
即使我相信缘分也只能够到此为止
却一直无法面对这个事实”

把书本放到一边，翻开杂志，看到一段关于1984年的《美国往事》。

往日时光

“这电影，讲述关于时间，关于青春，关于友情……爱情错失，朋友背叛，梦想破碎，没有哪部电影，能把友谊的忠诚与背叛写得如此沧桑，在时间的灰烬里悲怆到无言……”

人生尽是在分分合合中度过，也许错失了一次解释的机会，便成为一世无法愈合的伤口，不能遗忘，唯有告别。告别深爱多年却无法企及的女孩，告别曾经背叛却在多年以后渴望得到原谅和救赎的朋友，告别令之懊悔却已无法容身的故乡，告别青涩而甜蜜的校园，告别……

告别，是挥挥手说再见，却不带走一丝云彩；告别，是尘封那段故事，期盼下一次启封时的香醇；告别，是轻描淡写地抹去记忆，一觉醒来，又是新的一天……

影片结尾，垂垂老矣的他仿佛又回到35年前的鸦片馆，在烟雾缭绕中一笑，前尘往事都如烟——

“我想轻描淡写　不能都是责备
只是我的眼泪　不听指挥
我想你说的对　你说的太绝对
谁叫我的眼泪　没有地位……”

点点滴滴地记录自己的经历，一丝一缕地体味每一段心情，轻描淡写地描绘自己的人生轨迹，渐渐便也明白，人不能失去热情和希望。于是，在面对各种可能的真相时，便多了一些勇气，一些庆幸，一些心存怜悯，一些宽容和理解。

展开双臂，轻松地伸个懒腰，晒晒春天的太阳，让平淡繁忙的生活在早安、日安、晚安中静静度过，让人生经历从不安到安的过程，便是一种无上的快乐。

还是泰戈尔说的好：

“我们总以为世界欺骗了我们，其实是我们看错了世界。”

附注：《轻描淡写》是很小清新的作品，曾听一位歌者在访谈节目中自弹自唱。简单的吉他和弦，云淡风轻地勾勒出那段主旋律，清亮的嗓音诠释出一种轻描淡写的人生态度，很喜欢。

天长地久

夜里，在南大西北门外的小路上，走来走去。昏暗的路灯下，影子缓缓拉长，我，又回到了校园。走在法国梧桐的树荫下，那满眼的绿意，带着我回到记忆中的原点。

“流浪是天生的本领
因为你　越走越远
回忆是后来的故事
因为你　回到原点……”

踱着步子，想起前两天收到的一封老友来信。

老校友说：

“你好。见信如晤。昨晚写了一封信给你，现在发出，祈安为福。

我正在看着你的《一叶知秋》。不瞒你说，当我慢慢地看，从仰躺、到盘腿坐起，从小区楼下楼宇间小小的蓝天，到图书馆六楼外面叠叠层层的云，摇摇荡荡的舟，我的心如同经历多重的时空，温故我

的时空，温故我们中大同仁些许的梦。”

老朋友，请你原谅我摘录了你的信件内容。只是，连我自己都不知道有多久没有收到这样正式的、长达两页纸的信了。情之所至，实在让我感动又感叹。在全民娱乐和快餐文化充斥的今天，在微博、微信大行其道，说话越来越简单，文字越来越简练的今天，还有人能认真地读文章，并用如此传统的形式和文字写信表达内心的共鸣，我还能说什么呢？

校园真美啊！

正如老朋友你说的：“文中的风景与心情，让我数次眼中充满泪水。那美丽的山坡，亮丽的宿舍，洁白的隐湖，春天般的海与天，还有海天对面的大书，里面的小书，以及读书的人。”

“风是温和的，如同拂起的长发。顺着你描述的风，我回到了我的大学。在你款款的记述中，我回到了那时的我。从2楼宿舍往下跳的我，是幸福的，因为我的宿舍沐浴阳光，而下面还垫着软软嫩绿的草。特别是隐湖，我居然都快忘了，是你让我想起了她。她很简单，可围绕在她周边的教学楼，以及有弧度曲折的栏杆分隔下，她婀娜了，幽幽、有莲花的香。顺着莲花，我若干次走着绕道通往图书馆的长路；在长路的草坪中，我放肆的深入走去，走到那个山谷，图书馆这本大书背靠着的山谷，这里是我的天堂。那里我走了不知多少回啊，这无法数的来回中，是多少个人呢；人中的我，多少次仰望着那些枝头数不尽的鸟，数不尽的白云。在暮云回卷处，一群白头翁回家了，我是记得的；还有什么鸟呢？什么鸟呢……”

校园真美！

往日时光

“谁留下的伤　痛的伤痕像年轮
在掌纹中刺透了单纯
谁借口　坚持终究是天真
转过身的人怎么看懂……”

老朋友啊，或许你如我一样，对珠海校区和那段青春岁月怀抱美好的念想。那么，也请你允许我再把思绪带回到广州的康乐园。或许，康乐园的风景不如珠海校区那般引人入胜；或许在广州的两年，我们都多多少少要承担就业的压力，无法像在珠海时那般无忧无虑、青春飞扬；或许在广州的两年，我们都各自品尝恋爱的滋味，而多多少少忽略了身边的朋友……

但那些年，在对走入社会的期盼中，梦想已然悄悄起航。

想起康乐园，眼前立即出现一片浓浓的绿意。当年，珠海的树都还很小很瘦弱，每每在酷暑时节步行至图书馆都要承受烈日的煎熬；康乐园却不一样，到处是成林的大树，每条通向宿舍和教学楼的小路都是林荫一片，满园的绿意仿佛能把新港西路的喧嚣阻隔在外，古老的大树静静地守护着往来的学生老师，斑驳的红砖房闪烁着点点智慧的灯火……

如果说珠海校区网球场后的草坡和蓝天曾让人感动落泪，那么，康乐园从东区宿舍通往一教的林荫小路则让人深深沉醉。无数次，在春晖园吃完晚饭后，抱着厚重的书本，在这条小路上徘徊。这条绿树成荫的小路没有固定的规则，可以通往无数个方向。沿着路，可以走到古老的荣光堂，可以走到灯光点点的第一教学楼，可以走到当时仍较为破旧的图书馆，甚至可以在草丛中发现一个又一个网球场，还有被绿草掩盖的红砖房。

傍晚时分，这里最美。夕阳努力地把最后一丝光线投射在浓密的树叶上，闪耀着金色的光辉，仿佛能照亮小路尽头的秘密，可还未等人看清，一瞬间，世界便陷入黑暗。晚间的小路，有点阴森，昏暗而古旧的路灯，只能照亮眼前不到1米的空间，而那些黑黑的草丛里，偶尔会漏出一线灯光，仔细一看，是来自一扇半垂的木窗，风轻轻吹过，木窗摇曳作响，远处的一点灯火也随着摇晃起来……耳畔仿佛听到许多低低的话语声，模糊不清，许是在讲述着发生在这个古老校园的那些传说。

在满园的绿荫中，中心草坪的阳光成为不少学生闲暇之余的最爱。珠海校区的草地是嫩绿色的，踩上去软绵绵，很细腻，仿佛初恋的时光，酸酸甜甜；康乐园的草地大部分时间是翠绿色的，到了冬天会变得枯黄，相对比较粗糙。我特别喜欢在两旁的林荫道上漫步，又或者是坐在古老的荣光堂里喝咖啡，静看草坪上往来的身影，三三两两，或是读书，或是背单词，或是谈谈情、说说爱，年轻的时光沐浴在阳光中，焕发出别样绚丽的风采，那是多么幸福的时光！

“无畏是曾经的辛苦
因为你　不解孤独
无辜是如今的残酷
因为你　我当幸福……”

下午，穿上文科硕士的学士服在南大校园里拍照，看着身边那些依依惜别的同学们，忽然想起了那年在康乐园中央草坪上拍毕业照的舍友们。

从珠海搬回广州，舍友换了一批。这一群人同样各具特点，却更喜欢群居生活，更会闹腾，也更有活力。以前在珠海，我们在宿舍很少夜谈，各做各的事情，但是在广州，晚自习回来后，宿舍里永远充满笑声。

大概是因为宿舍里有一个极能聊天的Fish，她的胡诌海侃能让宿舍永不冷场。Fish对各种聊天话题都游刃有余，特别是美容。对于还是学生时代的我而言，美容简直就是天书，什么化妆水、精华素、面膜、防晒、隔离等等，一概不懂。可Fish就不一样，她不但能侃侃而谈，还能用于实践。下晚自习回来的时候，经常会看到她顶着一张敷着面膜的惨白色的脸到处串门，在昏暗的走廊里，怪吓人的。不过，Fish的学业成绩最令我羡慕，因为总是看不到她看书，可考试成绩就是那么好！

另一个极品舍友是特别节俭的花花。记得在珠海的时候，她住我隔壁，有一次到我宿舍洗脚，出来后居然问要算几毛钱水费。后来，住在一起才知道，这还不算什么。那会儿，在她的极力要求下，为了省电，我们晚上都各自开台灯而不开大灯，饮水机只有需要热水的时候才能使用烧水和保温功能，晚上睡觉前一定要记得把路由器的电源关掉……

至今仍深刻地记得，由于我习惯深夜写论文，所以经常凌晨2点多才睡觉，好几次正准备爬梯子上床，早已熟睡的花花忽然从厚厚的蚊帐里探出头来，小声冲我说："你忘记关路由器啦"又或者是"你忘记关饮水机啦"等等。试想漆黑里忽然眼前出现一个大头，还会说话，那叫一个骇人！好几次都被吓得从梯子上摔下来。后来，我睡觉前都会养成习惯，先偷偷摸摸地检查各类电源是否关闭，然后又仔细地观察花花蚊帐里的动静。不过，每次有同学出现经济困难的时候，花花又是最大方的，也只有在这个时候，我们才知道原来她是个小富婆，心肠还很好。

宿舍里还有一位美女舍友，蓉，身材那叫一个好！蓉的书桌和床在我对面，有时早上没课，我在宿舍里读书，眼角会忽然扫到一条白皙细长的大腿，从身后的床上缓慢地伸下来，于是知道，已经10点左右，蓉该起床了，她好像有“裸睡”（应该不是全裸）的习惯。蓉是体育健将，也是一个女强人，性格外向而直率。当年，是她，在宿舍里信誓旦旦地说，要成为中国第一的女CEO，要毕业两年后就开宝马。我一直很佩服她的勇气，毕业后敢于选择自己创业，而Fish、花花和我都选择了最稳妥的职业。虽然，毕业后的境遇肯定不如理想那般顺利，但性格决定命运，无论如何，至少我没有自己出去闯的勇气。

如今，当夏天来临，草地又一次变绿，我们却已离开校园多年，事业、婚姻、生活把我们卷成了老北京鸡肉卷，有点甜也有点辣。那些曾经满怀梦想的女孩们，你们是否美丽依旧？

“谁听信了风　以为是离别的歌
在眼眶中淹没了快乐
谁借口　是不经意的经过
错过的人岂知是犯错……”

漫步在校园里，莫名地，想家。
幸福是什么？
曾经以为，简单就是幸福！
幸福是什么？
曾经坚持，有自由就有幸福！

往日时光

幸福是什么？

当我们过了做梦的年龄，淡忘了当年的轻松和浪漫，开始纠缠于柴米油盐的琐碎时，我们都曾错以为婚姻是爱情的坟墓，以为青春已逝，朋友难聚。然而，再次独自回到校园里，回到当初没有他和宝贝的日子，才发现，有家才有幸福！

“这条路　没有你只有尽头
哪里有天长地久
路尽头　没有你牵我的手
算不算天长地久……”

一直都特别想念校园，想念她那谜一般的气质。想念那谜一样的小路，谜一样的校舍，谜一样的故事和传说，让人口口传颂，却一直无法读透读懂。

迷，人生本就是一个谜。

谁能读懂天地自然？

谁能期待青春永驻？

谁会伴我们天长地久？

附注：《天长地久》是电影《80　90》的主题曲，用来讲述我们这些“80后”的心路历程无疑是最合适的。在去南京大学参加毕业典礼的时候，无意中听到了这首歌，想起了那些中大往事。伴随歌声，写下上述文字，庆祝研究生毕业，也正式向大学生涯告别。

去年冬天

十一月的城市，炎热而灰沉，冷空气的触角，每每南下到这里时，都已是强弩之末，我们这些幸福又孤单的人啊，总是在冬天里期待又寂寞着。

“夜色燃烧孤单的城市
来来往往彩色的人群
姑娘你那红色的双唇
说的是埋在心里蓝色的忧郁……”

前两天回深圳办事，刚下汽车，一股紧张而熟悉的气息夹带着滚滚烟尘席卷而来，全身的细胞忽然都惊醒过来，一下就进入状态，那种名叫“深圳”的状态。

走进地铁站，到处都是人，彩色的人，热热闹闹，熙熙攘攘。我被簇拥着前进，就像是闯进鱼群的异客，去哪里，怎么去，都由不得自己。这种感觉既陌生又熟悉，仿佛全身的血液都在叫嚣，投进去吧，投进去吧，这才是你的生活！

往日时光

忽然，耳畔响起久已不听的旋律，响起那曾经让我无数次落泪的嗓音。那被我认为是唱着“深圳味道”的歌声，一瞬间把我带回那些年的冬天，带回那些边听歌边流泪的下夜班后的深夜，带回那些内心呼喊“有没有人告诉你，深圳，我很不喜欢你”的日子。那是在深圳的日子，那是深圳，即使已经离开，却永远不会，也无法抹去深圳在生命中留下的痕迹。

“谁又能够带我走回去
去年冬天那一场大雨
孩子你那天真的双眼
看的是大人挥之不去的伤心……”

离开以前，总以为自己很不喜欢深圳这个城市，因为在这里活着很累很累，每个人都是那么忙碌，那么来去匆匆，没有人问过自己到底想要什么，当然更不关心别人想要什么，每个人都只是匆匆忙忙地向前跑。身处这个城市，没有办法放慢自己的脚步，生怕会因此沉沦，会因此放纵，会因此失去与他人竞争、与社会竞争的本钱。

而离开深圳的这段时间，过上规律的上班族生活，下班后就回家陪老公带孩子，这样的生活状态很好很安详，却也渐渐磨去了内心的拼搏意识。不止一次想，也许一生这样过也很好，这种平凡平淡的生活才是真真实实的人生，才是真真实实的幸福。

只是那一天，自己一个人走在深圳的街头；那一天，从深圳回来，自己一个人走在小城的夕阳下，不禁暗暗问，这就是我想要的生活吗？二十多岁的今天，这是我想要的，那么三十岁以后，四十岁以后，五十岁以后呢？未来，我又将为什么而奋斗？

“谁来停下天上这场雨
谁能给我透明的呼吸
走过这段人世的无情
我还有什么东西可以交给你……”

匆匆忙忙办完事情，赶赴老朋友的约会，重新见到那些熟悉的面孔，很高兴！坐在他们中间，还是那几个人，蓓蓓、高姐、挺哥、小余，还有阿娴。仿佛又回到了2006年的冬天，我们还在罗湖，一起倒班，一起逛花市。那年我买了一束桃花，和蓓蓓一起，挺哥和小余帮扛回来的，他们都说要行桃花运，结果过了年我就结婚了；那年我们连续吃了两天巴蜀风，因为我们都特想念那里的老坛子，想念那种酸酸辣辣的味道；那年我们用大杯喝烧酒，无关应酬，丰俭由人，只是和自己人喝着，特自在；那年，我准备结婚，挺哥的女友还未公开，蓓蓓单身，还帮小余哄女友……

而今，我和阿娴都已是孩子他妈，挺哥娶了我的老乡和中学同学，蓓蓓依旧单身，高姐天天挂在嘴边的调皮儿子就要上初中了……天哪，时间带走了什么？时间又带来了什么？

哎，记忆是多好的东西啊！

坐在他们中间，呼吸着过往熟悉友善的气息，打心底感谢这些老朋友，感谢这段在深圳打拼的经历，让我成长，让我有东西去沉淀。也许，在他们的人生中，我只是过客，过两年可能就不再联系，但对我而言，他们是会被永远记住的人。

“谁也不会记得我和你

少了谁也没什么关系
穿过这片动乱的世界
怕的是往事历历再也难忘记……”

忙碌了一天，又回到了小城。再次下车，已是夕阳西下，静静地沿着河边走着，走在暖暖的夕阳里，我已经开始期待看到可爱的宝宝。深圳已经成为记忆，而这里是家。在深圳，也许谁也不会深刻记得我和你，少了谁都没关系，但是在这里，有一生的牵挂。

往事随风，去年冬天总会过去，相信一切都会好起来。

……………………………………………………

附注：《去年冬天》是一首年代相对久远的歌曲，经过一位来自深圳的歌手演绎，变得很深圳。怎么说，那种深圳状态、深圳速度，怕是已经刻在骨子里，熟悉到不能再熟悉。因此，音乐响起，便仿佛又回到了那个天色灰暗、灰尘滚滚的繁华都市，让人又爱又恨。

故乡

元旦前夜，坐着车子匆匆往老家赶去。下班后的路上，车流滚滚，映着如血的夕阳，远远地挂在天边。

“天边夕阳再次映上我的脸庞
再次映着我那不安的心
这是什么地方依然是如此的荒凉
那无尽的旅程如此漫长……”

这是一个什么地方？火红的夕阳一片苍茫，灰色的高楼大厦泛着点点灯火，竟显得那么遥远而荒凉。过了高速路的收费站，一段漫长的旅程在我眼前缓缓展开，家，不在这里，家，在那个很遥远的地方。

不知从哪一代人开始，家，不再是工作和生活着的地方；不知从何时开始，家，意味着父母的期盼，亲人的想念，意味着旧时那熟悉的街道、儿时的玩伴和路旁的小吃。也许这就是独生子女的人生，带着上一辈的梦想一次次远走他乡，为着那些看似远大的理想在异乡打拼，曾经渴望历练和沧桑的心，每到除夕时，开始思念故乡。

公路平静地向前延伸，伴随着一路闪亮的汽车尾灯和两旁那再熟悉不过的风景。不知从何时开始，回家的路也变得如此漫长。

夕阳下，孤独的背影，背着吉他，歌行远方。

歌者说：

“我是永远向着远方独行的浪子
你是茫茫人海之中我的女人
在异乡的路上每一个寒冷的夜晚
这思念它如刀让我伤痛……”

记忆里，总是独自一人，背着行囊，扑向繁华世界。

我想：

自从离家读书，便好似离开牢笼的小鸟，急匆匆地飞向大千世界，一心只想追上人生中那道转瞬即逝的流星，只想追赶天边的斜阳；每逢假期，便迫不及待地离开熟悉的地方，一次次远行，只想追到世界的尽头看看世界之外是否还有另一个天地。在我的心里，好像有一双很大的翅膀，一定要飞向蓝天；在我的意识里，熟悉的地方没有景色，我一定要走向远方；在我的梦里，有很大很大的世界，故乡只能隐藏在一个小小的角落，不被重视。曾经是那么享受年少轻狂的快乐，如今，却不知为何，总是梦回故乡。

“总是在梦里我看到你无助的双眼
我的心又一次被唤醒

我站在这里想起和你曾经离别情景
你站在人群中间那么孤单
那是你破碎的心
我的心却那么狂野……”

不知从何时开始，我害怕每一次的离别，害怕在火车站台上看着父母亲人离去的背影。还记得有一次离开家门，母亲没有拥抱我，我一个人孤单地走进寒冷的冬夜；还记得那一次上火车，父亲没有送我，只是在车外一个一个窗口地寻找我的身影，却总是一次次与车上的我错过；我曾将额头久久地抵住冰冷的车窗，努力想让父亲注意到我，可依旧只能无助地看着他朝反方向寻找而去；我想掏出手机，可生怕错过最后的背影。终于，他的背影还是消失了。我一个人坐在黑暗的车厢里。

一个人在外打拼，不能说有多艰辛，可总是寂寞的。面对最亲爱的家人，我们总是习惯性地笑脸相迎。不知从何时开始，总是想起一句话，“子欲养而亲不待”，每次想起时，都不禁打一个寒战，这是我从未思考过的问题；不知从何时开始，脑海里总是浮现父母期盼的眼神和话语，以前，我总是把它理解为对我事业成就的期望，可直到最近父母身体状况频发，我才意识到，人不可能永远自由，毫无牵挂。亲人，永远生活在我们心中那片最柔软的地方。

“你在我的心里永远是故乡
你总为我独自守候沉默等待
在异乡的路上每一个寒冷的夜晚
这思念它如刀让我伤痛……”

往日时光

不知从何时开始，开始期盼着回家，即使要走好几个小时，即使要走到深夜，也想回到生我养我的故乡。

故乡，是父母的怀抱，温暖而熟悉；故乡，是母亲熬的浓汤，香甜而可口；故乡，是童年的记忆，有着要好的伙伴，漫长的海滩，晶莹的贝壳和飞舞的红蜻蜓。曾经有人说：历经世事，我还是原来的我。我想，故乡，其实就是我们内心的那一片净土，是一段记录了所有美好和悲伤的回忆，是人生的积淀和守护，无论世事变幻，它依旧纯净如一。

人生如梦，我总是梦见自己走在归乡的路上，就好像现在一样。

窗外，路，在延伸，随着高楼大厦的走远，取而代之的是刚收割完的稻田；窗外，一片枯黄，归家的老牛悠闲地甩着尾巴，跟随其后的是戴着帽子扛着农具的农民；窗外，一排排灰色的高压线从身边向远处延伸，一直没入红彤彤的夕阳深处，走得远了，高压线又悄悄地换成了更原始的电线杆，一样执着地挺立风中；窗外，是另一扇窗户，有父母的身影，衣裙漫飞，有父母的期盼，温柔如水。窗外，原来就是一幅很平淡却有质感的油画，忽然间震撼了我。原来熟悉的景色也可以如此美丽，可我却一直没有发现：人生最美的风景就在身边。

微微坐直身子，终于，在窗外，看到了故乡。

“那是你，站在夕阳下面容颜娇艳

那是你，衣裙漫飞

那是你，温柔如水……”

附注：《故乡》是一首词曲俱佳的作品，有着丰富的画面感和情怀。不可多得的是另一位歌者的吉他演绎，减去了原作者的愤慨，增加了自己对人生平静待之的态度，变得格外震撼人心，给人以力量。一次又一次听着这首苍茫的歌曲，发现原来这就是我们的人生，原来，我们的心路历程都如此相似，原来，面对现实最好的态度不是愤世嫉俗，而是泰然处之，原来，这就是历练，这就是修为。

往日时光

2015年春，在全民抢红包的热潮中，失联已久的中学同学们忽然成群出现，通过微信，大家虽天各一方，却热络得似乎从不曾分别。屏幕上不停跳动的信息，是一个个很久不曾想起的名字，搅动着尘封已久的记忆，重新回想起那些往日时光。

那段友情岁月，是人生中最美好的珍藏，虽然没有华厦美衣，却简单而快乐。

“人生中最美的珍藏
正是那些往日时光
虽然穷得只剩下快乐
身上穿着旧衣裳……”

十八年后，再次回到母校门前。还记得吗？校门入口处的长廊，阳光灿烂的大操场，人声鼎沸的教学楼，还有那些喧闹的年轻面孔。十八年，转眼即逝，老师们还坚守在这里，而我们早已步入中年。

科技楼的天文台依旧高高矗立，在楼顶上，我们曾一起看过人生第一场流星雨，彻夜未眠。偌大的操场如今已铺上塑胶，我却不禁想起当年的灰色沙砾跑道和曾经摔过的伤。还有操场边上的大榕树，如今更是枝繁叶茂，绿树成荫，我们曾在这里为参加运动会的健儿们提供后勤服务，曾在这里嬉戏玩耍。

初中的教室如今已改建为学生宿舍，我却依旧想念当年晚自习时点亮的灯火，想念那些欢声笑语，嬉笑打闹，想念那些还没有长大的日子。还有已被拆除的大礼堂，人生中第一次登台唱歌、第一次演讲、第一次话剧表演都发生在这里，多少个夜晚，我们在这里跳舞，在这里歌唱……

再次漫步在校园里，一串串回忆如雨珠般洒落下来，悄悄地，浸湿了眼眶。

“海拉尔多雪的冬天
传来三套车的歌唱
伊敏河旁温柔的夏夜
手风琴声在飘荡……”

初夏的阳光，暖暖地洒在身上。看着被同学们簇拥着的老师，不禁心生感激。很幸运地，我们遇到了一群非常耐心的老师们，比如说慈善的化学老师、颇有个性的物理老师、特别特别高的体育老师，还有严肃的级组长、歌声优美的音乐老师、风姿绰约的美术老师……

而对我们影响最深的是班主任，她是班上最美丽的风景。

班主任是英语老师，教学质量自不必说，她自创的课前英语小品，让我们使用自己所学的英语知识随意发挥和创造。于是，我们都养成了课后讨论小品剧本、台词、道具的习惯，有的小组还充分发挥自己幽默的天分，在短短10分钟里，包袱不断，笑点满满，大家常常在课上笑成一团。

印象里，班主任非常公正，很多人担心的偏心问题，在我们班似乎并不存在。定期调换前后排和左右组座位不说，在安排同桌时，也充分考虑了同学们的想法和需要。初三的新同桌曾告诉我，她跟老师提出座位安排想法时，原以为老师不会同意，因为毕业班的班主任似乎都会优先照顾成绩好一点的学生以保证升学率，可没想到，老师居然同意了她的请求。也许是因为这个原因，班上的学习质量和成绩一直都是全年级最好的，也是最平均的，没有出现学习成绩差异特别大的情况。如今十多年过去，就连当年那些最调皮捣蛋的同学对班主任都充满了感激！

我想，受到同学们公认的还有班主任的美与时尚。记忆里的班主任是极美的，即使是十多年过去，她也还保持着那优雅动人的气质和风度，让人羡慕不已。还记得，有一次自习课，班上的男同学忽然看到窗外远远走来一位婀娜多姿的美女，便忍不住兴奋起哄，结果原来是班主任，一群人都被好好地训了一顿，哈哈。

对我来说，班主任的着装风格则深深地影响着我，至今仍记得初二时老师穿的一身红格子裙，充满了苏格兰风情，优雅别致，美极了！于是，英伦风也成为我最喜欢的风格之一。

“如今我们变了模样
为了生活天天奔忙
但是只要想起往日时光
你的眼睛就会发亮……”

其实，在我心里，还有一位老师，每每想起来都会让我眼睛发亮。前段时间，“世界很大，我想去看看”的段子在网上盛传，其实，在中学时代，我的地理老师就已把这个观念深深地植入我心中。在那个信息匮乏的年代，她手里一幅幅风景优美的相片，她口中一段段生动有趣的旅途经历，都为我展示了一个无比精彩的外面世界，逐渐坚定了我有生之年一定要走出去看看的想法。

至今仍记得九寨沟给我的震撼，当时，老师用特别的方法把相片冲晒到木板上，制作成一幅幅精美的木版画，完整地展现了九寨幽蓝如绸缎般、墨绿如宝石般的湖水，还有秋天金碧辉煌的树林、湖底腐朽的枯木、诺日朗如珍珠般洒落的瀑布等，美得令人不敢相信！当时，我就想：一定要到那里去，一定要到那里去！还有那张拍摄于华山的相片，老师站在危险的悬崖之巅，却笑得如此灿烂和俏皮，让我记忆犹新。老师讲的旅行故事同样引人入胜，她曾经历火车被突然被逼停的情况，探出头去观望，原来是牧民赶着羊群穿过铁路，火车到时羊群还没走完，结果就看到白花花的羊群把长长的火车车厢给一分为二，两旁是绿油油的大草原。当时我一边听故事，一边自动脑补那些生动的场面，想象着也许有一天，我也会出去旅行，也会遇到各种突发经历，多有趣呀！

于是，自大学起，我便和同学一起到处旅行，像地理老师那样，坐着绿皮火车，哼哧哼哧地穿过祖国的大好河山，看到了大片草原和成群牛羊，爬上华山之巅感受悬崖之险峻，走进九寨深处领略其色彩之绚烂，深入西藏感受其风景之纯净，并逐渐把旅行变成一种习惯，一种生活方式。

地理老师还是当年天文学社的发起者，她带着我们观星，带着我们研究星象，于是，我开始喜欢天文学，喜欢看与天文相关的各种杂志书籍，直到现在，《星际穿越》还能挑动我已日渐老去的神经。地理老师还连续两年组织我们在学校通宵观看狮子座流星雨，看完流星雨后，她骑着摩托车送我回家，直到我上楼进门后，才看到她在晨曦中悄然离去的背影。

老师啊，您可知道，您为一个中学生打开了通往外面世界的窗户，让我知道，外面原来这般精彩。所以，感谢老师们，感谢你们让我时刻对世间万物都充满好奇，并始终保持对生活的热爱。

“人生中最美的珍藏
还是那些往日时光
朋友们举起了啤酒
桌上只有半根香肠……”

记忆犹新的还有年长的历史老师。记得初二那年，我曾向历史老师询问一些历史事件，历史老师是这样和我说的（大意是）：“对于历史，要客观地看待，这件事情太复杂，你还不具备足够的知识和阅历去理解，不如把这份好奇留到长大以后，自己去阅读和判断”。可能很多年轻朋友会觉得这是大人忽悠小孩的惯用伎俩，但我们又是否考虑过老师教育的出发点和意义。现在想起来，老师在处理这件事时，既没有告诉我一些表面现象，也没有给我灌输她的理解和判断，而是非常理性和耐心地引导我去读书、学习、经历、思考，长大以后再来看这些事情，也就慢慢形成了自己的认识和判断，不会过于偏激，也不会唯书唯上。

同样记得，当年另外一所中学曾因老师言论出格而在私底下备受学生的追捧。但我却认为，对于世界观还未成型的中小学生而言，老师们或许还是应该谨言慎行，因为老师的影响力实在太大，在学生还不能判断真伪是非的时候，如果老师只是一味灌输自己的观点，而不告诉学生如何去形成自己的思维判断，是很可怕的！所以，历史老师这种不唯书不唯上的处事态度其实比真相本身更让我受益匪浅，这也是我一直喜欢历史，愿意花时间去读历史的原因。历史老师教会我一个道理：尽管历史都是人写的，都带有主观色彩，但对同一历史事件从多个不同角度去看，还是能获得很多启示。

还有很多老师，很多学习经历，都让我受益匪浅。比如语文老师鼓励我们多看书，写周记，而且没有任何框框条条的限制，任由学生发挥。于是，从初中那会儿起，我便逐渐喜欢上文字，喜欢上写文章。在我看来，文字里面有无限的想象空间，文字可以表达我们说不出口的各种想法，文字就像它被创造出来的初衷那样成为我最喜欢的信息传递和表达工具。

所以，老师，永远是我最尊敬的职业之一，哪怕现在社会上有那么多不尊师、不重教的声音和新闻，但我始终坚持：如果社会让老师失去了应有的尊严，那么，最后自食其果的只能是我们自己。而现下年轻的老师们，也恳请你们务必认真对待这份职业，你们对孩子的影响力有时甚至大于他们的父母，所以请尽可能给予他们好的影响，让他们有机会、有可能变成更好的人。为人父母的我们也一样，好好教育孩子，好好陪伴孩子，不要过分依赖和责备学校。

也许经过孩子、家长、学校、社会的共同努力，能让世界变得更美好一些！

“我们曾是最好的伙伴

共同分享欢乐悲伤

我们总唱啊朋友再见
还有莫斯科郊外的晚上……”

聚会上，大家说起同桌的你，不由得想起了我的同桌们。初一的同桌阿钰是美术高手、未来画家，我俩在学校是形影不离的好闺蜜，放学后是一起出黑板报的好搭档。无论我提出多么复杂的板报设计，她都能用简单的粉笔、简单的线条帮我真实呈现。最喜欢看她画漫画，一支铅笔到了她的手中，好像变成了神笔马良的画笔，随意勾勒，就能变出一个衣裙翩翩的美女。而她唯一的“弱点”应该是林志颖吧，哈哈，为了从她那里换取更多的漫画作品，当年，我可是收藏了大量林志颖的周边产品呢。

初二的同桌阿艳总是笑呵呵的，开朗阳光，自习课时特别喜欢在本子上练签名，我俩还经常一起走路上学。她姐姐去西藏旅行的故事对我影响颇深，仿佛看到一个独立的女子，背着背包，在藏地独行，太帅了！

初三的同桌阿英是个挺潮的小女子。在我还在听刘欢、毛阿敏的时候，她给我普及了港台流行音乐的基本知识，比如说张学友的《情书》，比如说谢霆锋等等。从那时起，我才开始逐渐接触流行歌曲。

“如今我们变了模样
为了生活天天奔忙
但是只要想起往日时光
你的眼睛就会发亮……”

除了同桌，大家记忆最深的或许还有那些班干部们，比如说帅气的班长。其实，初一上学期，困扰阿钰和我的一个重要问题就是班长怎么这么帅啊！而且，重点在于班长是女生哦，是让女同学都觉得特别帅气的女生呢。后来一想，不知道是不是受班主任影响，我们班的几个女班干部都挺帅的，做事雷厉风行、果敢干练。比如说我们的副班长，同样是一位爽朗风趣的妹子，文武双全，考场上和运动场上都是健将，特别羡慕。不过，这次再聚，爽妹子已变成一位充满知性的设计师，再次让人刮目相看。

还有日冰、阿珠和许，那些年的寒暑假，我跟着她们混吃混喝，爬了不少山，下了不少海，疯了似的到处玩。记得有一次，我们租渔船出海，一路唱歌、吹风、戏水、拍照，玩得不亦乐乎，乐不思蜀。可父母知道后，却吓坏了。如今，自己做了父母，想想以前的自由，感到不可思议。如今我们哪里敢让孩子自己出去玩，哪里敢让孩子离开自己的视线长达一天之久，身上还没有任何联络工具。然而，又不禁担忧，如今在保护过度的温室里成长起来的孩子们，在机动游戏和手机电脑陪伴下长大的孩子们，将来怎样去面对这个真实而丑陋的世界，怎样去面对人与人之间的交往挫折和困难？

“如今我们变了模样
生命依然充满渴望
假如能够回到往日时光
哪怕只有一个晚上……”

小时候，学校还没有那么风声鹤唳，家长还没有那么咄咄逼人，市郊还有青山绿水、绿草如茵，我们常常组团出游，迎着灿烂的阳光，骑着自行车，唱着歌，前后吆喝，交相呼应，浩浩荡荡地去郊区踏青、野炊。不知道同学们是否还记得那袅袅炊烟，清清河水？是否还记得那满头大汗、满手是灰的稚嫩身影；是否还记得那色香味俱全的饭菜和狼吞虎咽的狼狈模样？是否还记得那些自由玩耍的快乐时光？

不知道现在的孩子们是否还有机会野炊？是否还能找到地方野炊？是否还能骑着车（而不是坐大巴）、吹着风（而不是吹空调），惬意地来一次说走就走的近郊旅行？

不知道……

或许，这是独属于“80后”的幸福记忆吧。

“如今我们变了模样
生命依然充满渴望
假如能够回到往日时光
哪怕只有一个晚上……”

相聚的时间很短，人生的路很长。老师，是我们人生中的指路明灯，是永远心系学生成长的长辈；同学，是与我们共享青春记忆的发小，是我们在思想最简单的时候结交的第一群朋友。虽然，多年以后，我们都变了模样，但仍希望能重返往日时光，在对童年的美好回忆中洗净这些年世界带给我们的种种不如意、不快乐，找回原来最简单的自己。

附注：《往日时光》是一首充满前苏联风情的歌曲，歌唱的却是失落已久的往日时光，悠悠地唱起此曲，仿佛又回到那些唱着《三套车》的青葱岁月，仿佛我们都还年轻，都还在对外面世界的无限向往中，与少年维特的烦恼纠缠。谨以此文、此曲感激我的老师和小伙伴们，并祝愿老师安康快乐，祝愿发小们幸福美满，永远对生活充满希望。

家乡——致爷爷

阴天，下着小雨，很冷。

“唵嘛呢叭咪吽……

唵嘛呢叭咪吽……”

今天是爷爷走后的第七天，可我似乎还没有从当时的震惊和剧痛中走出来，总希望一切只是一场噩梦，只是这场梦大概永远也不会醒了。

“我的家乡在日喀则

那里有条美丽的河……”

老家在柳州，那是爷爷奶奶住的地方，老房子建在河堤边上，清澈的柳江从旁边缓缓流过。那天离开殡仪馆，我们选择了一条复杂的路线，一路点香，护送爷爷回家。我担心爷爷能不能找到路，叔叔却说：没有人比爷爷更熟悉柳州的每一条大街小巷。

爷爷爱走路。街坊邻居都知道有这么一位老人，每天早上起床后，就到青云菜市吃早餐，然后一路散步看街景，他每天都能发现这个城市的新变化，并乐在其中。爷爷身体好的时候，一天能走上十几公里。记得有一次，柳州有一座桥塌了，正处在爷爷每天散步的路上，大家都急坏了，全体出动去找爷爷，结果他自己悠悠哉哉地走回来，买份报纸，坐在太阳底下。

爷爷爱看新闻。在爷爷每天的生活节奏里，报纸和新闻联播是固定不变的节目。每天一到时间，爷爷就拿起报纸和放大镜，坐到户外的阴影里读报纸，而他最爱读的就是参考消息。爷爷读报很仔细，很认真，很专注。他是真的在关心着这个国家和社会一点一滴的变化。有一次，国庆节和父亲回去看爷爷，他拉着父亲谈论中国政府持有美国国债的问题，还有金融危机。那年他已经95岁了，一位年近百岁的老人还在关心政府应对危机的政策细节是否妥当，这真让我们这些不读报、不关心时事的年轻人汗颜。所以每每到了读报时间或是看新闻的时间，爷爷就坐在专属的座位上，专注于他的世界，谁跟他说话都不理睬，仿佛面前竖着一块牌子，上书：读报时间，闲人勿扰。

“阿玛拉说牛羊满山坡
那是因为菩萨保佑的……”

爷爷的离去让我们意外，因为在潜意识里，我们都认为爷爷一定能活到一百多岁，还准备来年给他做百岁大寿。国庆节的时候，爷爷曾很兴奋地说要做百岁，要请他黄埔军校的战友们、同学们都过来。或许，那时，他已经知道天命了。

回到老家，听叔叔们说起爷爷离开时的情形。那天早上，爷爷精神特别好，早餐后提出来要去看奶奶。奶奶觉得很奇怪，想说这个老头子怎么回事，以前住院两个多月，都没有来看，但这一次只住了两天，就跑过来。所以，当爷爷想去拉奶奶的手时，奶奶还假装发脾气，不理他。听到这里，我不禁微笑，这两位年龄加起来差不多两百岁的老人，怎么还像年轻人谈恋爱一样闹别扭。后来，爷爷一直在医院看着奶奶，静静地看了很久。出来后，爷爷又去柳侯公园逛了一圈，那里有纪念柳宗元的柳侯祠。回家后，爷爷依旧看报看新闻，和往常一样。下午，爷爷提出要洗澡。爷爷是爱干净的，生活上一向不假手于人，几天前爷爷还跟阿华叔说自己的头发长了，要去理发。洗澡后，爷爷又要求换上新的衣服，然后吃了很多饺子，吃得很饱。到了晚上，爷爷觉得有点不舒服，就到床上去躺躺，婶婶去叫救护车，可等医生来到的时候，发现爷爷已经静悄悄地走了。很平静，很安详，没有苦痛，仿佛只是睡着了一样……

“蓝蓝的天上白云朵朵
美丽河水泛清波……”

追悼会那天，奶奶没有来。但我们也不敢隐瞒奶奶，因为她是一位那么要强的女人，她陪着爷爷走过了战乱、文革、改革开放，最后步入了新世纪，看尽了一个世纪的风景。听说，爷爷走后第二天早上，奶奶自己从医院出来回家看爷爷，她坐在爷爷床前，轻轻摸着爷爷的头说：“老头子啊，听说你走得很安详，记得要等我啊！”当时，听着叔叔的描述，眼泪哗地就流下来了。

爷爷是一个非常重承诺的人，直到离开人世，他都坚守着对奶奶的承诺。听奶奶说，当年爷爷迎娶奶奶时，并没有告诉奶奶自己在乡下有过老婆和小孩，后来奶奶知道了非常生气，认为爷爷欺骗了她。于是爷爷承诺，一定会陪着奶奶，而且会存下十万元钱给奶奶。那是20世纪40年代的事情了，却没想到，爷爷一直记着。奶奶告诉我，爷爷一直坚守着承诺，不仅把老房子记在奶奶名下，还悄悄地存了一笔钱。爷爷走后，我们也才知道，原来爷爷自己存了十万元钱，没有告诉任何人，直到临走前，才交代给守在身边的婶婶，并在遗嘱里明确表示，这笔钱是爷爷留给奶奶的，谁也不许动。一位百岁老人，心里却一直牢记着大半个世纪以前的承诺，谁能不被感动？那些花言巧语的男人女人们，那些动不动就海誓山盟，回头就劈腿或分手的男人女人们，听到这个故事当做何感想？

爷爷和奶奶的故事还有很多很多，很长很长，爷爷用自传的形式，详细记录了他追求奶奶的过程，任谁都能感受到这份爱的真诚和深沉。在屡屡泪流的同时，我只希望，这个世界能多一点这样的真情，或者是多一点对真爱的相信和期待。我相信，爷爷一定不希望看到他热爱的世界变得越来越冷漠、越来越不相信人性、越来越不坦诚，不希望他所珍爱的世人变得玩世不恭、游戏人间。

“雄鹰在这里展翅飞过

留下那段动人的歌……”

爷爷的自传还提到很多当年参加抗日战争的故事。爷爷是黄埔军校桂林分校的学生，他曾在黄埔军校里接受正统的士官教育，并把职业军人的坚强和勇敢刻到骨头里。爷爷对这一身份特别自豪，更为自己参加了保家卫国的抗日战争而骄傲。在他的自传里，他是一位拾金不昧、英勇善战的军官，带领着他的士兵冲在战争的前线，在面对百姓逃难时留下的财产时，他没有做出打家劫舍的行为，在受命保护国家财产时，他也没有监守自盗，相反，他很认真地完成了自己的任务。以前，我读到这些段落时，还会笑说，爷爷还真是把自己塑造成一位顶天立地的大英雄了。可随着对爷爷了解的加深，我才知道，这都是他做人的原则，他的信仰，他的信念。这是一位职业军人的操守。

想起前些年陪爷爷去桂林黄埔军校旧址，现在已经是人民解放军陆军学校。那时爷爷还能自己走路，在年轻的解放军军官的搀扶下，这位老校友和小校友一起走在林荫依旧的校道上，谈笑风生。身边不时有正在训练的军官们赤膊跑过，看到爷爷，都投来敬佩的目光。爷爷还精神抖擞地告诉我们这里发生的故事，还指出飞虎队当年留下的遗址。镜头前，爷爷双手叉腰，红光满面，身边的年轻军官意气风发，充满朝气。叔叔后来在相片下方附上一行字：经过六十年的风雨，国共又走到了一起。

为爷爷送行的那天，黄埔军校的老同学老战友都来了。看着那些老军人颤颤巍巍地走过爷爷灵前，一再深深鞠躬。我忍不住一次次泪流，这份生死情谊又岂是我们这些生在和平年代的后辈们敢奢望的！

“唵嘛呢叭咪吽……

唵嘛呢叭咪吽……”

为爷爷送行的所见所闻，让我感触颇深。那天，在爷爷的灵堂里，虽然没有高官送行，可爷爷仍然用他的善心感动了很多普通人。

除了满堂子孙外，还有很多看到报纸上的讣告匆匆赶来的街坊邻居和普通百姓。而隔壁同样是为亲人送行，逝者却年纪轻轻，身边也只有零星几位亲人送行，冷冷清清。大家都说，爷爷是好人！爷爷在战争年代曾经救过四十几条人命，即使是在退休后，还在柳江钓鱼时救起两个落水的孩子。佛家说，救人一命胜造七级浮屠。爷爷正是善有善报的最好例证。

躺在灵柩里的爷爷，静静地睡着了，慈祥安静。世界上多少人活得既痛苦又挣扎，多少人渴望无疾而终却不可得，多少人选择跳楼割腕，惨烈又痛苦，又或者躺在病床上，身上插满管子，生活不能自理。有多少人能像爷爷一样，活到九十九，在满堂子孙的悼念下安详离去，无病无痛，得以善终？

我想，在独生子女政策下，在人情日渐冷漠的社会中，我们怕是都要孤独终老了。

“唵嘛呢叭咪吽……

唵嘛呢叭咪吽……”

今天是爷爷的头七，奶奶回家了，大家都回家了。奶奶坐在爷爷的遗像前絮絮叨叨地说着当年的往事，儿孙们忙着张罗饭菜，仿佛什么事情都没有发生，一切都和以前一样热闹。我想，爷爷回来看到，一定会很开心，很放心，很安心。

以前没有切身体会，把死亡看得过于简单。真正到面对的时候，才发现要接受这个事实，是多么艰难。在安置爷爷的骨灰时，老公跟我说，人活这一辈子，到最后只留下这么一点灰烬，存放在这么小的一个空间里，活着到底有什么意义。可我却忽然想明白了，对于走过百年人生的爷爷而言，或许，死亡是一段新旅程的开始。可，对于还活着的我们，应当继续努力地认真地活着，不要辜负了生命这趟没有回头路的旅程。

爷爷走了，没有遗憾。我们活着，虽有遗憾，却不改变活着的事实。

“唵嘛呢叭咪吽……

唵嘛呢叭咪吽……”

爷爷，善良的老人，请你一路走好，不要牵挂。只是请你务必记得要等奶奶，再等她二十年，让我们好好孝顺她，让我们好好珍惜有她陪伴的时光。

爷爷，祝你在天堂里活得依旧自在。

………………………………………………

附注：《家乡》是我最喜欢的一首歌，原打算用来写日喀则的旅程，可昨晚，无意中听到黑鸭子低声吟唱的《家乡》，忽然发现自己已泪流满面。温暖的歌声让我又想起了爷爷，不过与以往不同的是，温暖替代了悲伤，在温暖的歌声里，回想爷爷的一生，还有他对我的疼爱，很窝心。选择在爷爷头七这一天写下这些文字，很混乱，想到哪里写到那里，还有很多很多话没有写出来。但这是我纪念他的方式，希望，爷爷一路走好！爷爷，我们都很想你！

张三的歌

中午，独坐于办公室，没有开灯，电脑屏幕闪闪发亮，播放着一些歌唱节目。戴上耳机，闭上眼睛，静静地听，让整个人完全放松，进入半睡半醒的状态。

“我要带你到处去飞翔
走遍世界各地去观赏
没有烦恼没有那悲伤
自由自在身心多开朗……”

安静的歌声就像一双有力的臂膀，托起我飞出这个沉闷的地方，到外面去，到遥远的地方去，到那些去过的，热爱的，向往的，可却可能无法再踏足的地方。

就像书里写的那样，那里没有悲伤，没有烦恼，没有喧嚣和欲望。就像歌里唱的那样，那里自由自在，那里让人身心开朗，那里没有世俗的约束，那里没有一定要完成的工作任务，没有一定要顾虑的人和事……

往日时光

那里是哪里？

那里是个很遥远的地方，离我们住的地方很远，离我们的生活也很远……

“忘掉痛苦忘掉那地方
我们一起启程去流浪
虽然没有华厦美衣裳
但是心里充满着希望……”

忽然想起一位朋友的话。他说：那天，他和朋友，一边听着汪峰的《存在》，一边驱车开往云南，就像《北京青年》里的那些老男孩们一样。

于是，我一直在脑海里勾画着这样的场景：开着车子，以120码的速度在路上狂飙，车上坐着好友或恋人，车里回响着震耳欲聋的音乐，车外，大片大片的树木向身后狂奔而去，直到眼前出现雪山、草地、牦牛、湖泊、寺庙、经幡……

那些地方都已经去过，在曾经年少的时候，现在想起来，似乎是上辈子的事情了。

于是，又拿出旅行笔记，回看当年的记忆，发现，那个意气风发的自己，那个有棱有角的自己，那个没有社会痕迹的自己，那个不会圆滑处世，不会逃避，不会做和事佬和老蜗牛的自己，竟那么陌生，陌生到我都不认识这个人到底是谁？

继而发现，最美好的记忆，竟然没有记录下来，事实上，我们曾走得更远，更高，更遥不可及。可，每当我想下笔还原那段经历，却发现那段记忆永远处在言语无法触及的地方。

思念，忽然如潮水般奔涌而来。

怎么办？

没有文字，图片也已模糊，记忆不再清晰，只有再次启程，在这个年龄。

哪怕没有华厦美衣裳，却能让心里充满希望。

“我们要飞到那遥远地方
看一看　这世界并非那么凄凉
我们要飞到那遥远地方
望一望　这世界还是一片的光亮……”

回想起十几年前的一次次旅行，没有智能手机，没有卫星导航定位，不会做攻略，不会查资料，总是手忙脚乱，见招拆招。那些自虐般的行程让我们一次又一次体会人生的极限到底在哪里。

回想起最期待，却又最害怕的那种感觉，那种归宿的感觉，四个字：命中注定。

这个归宿，不是某个人、某件事，而是一个地方，一个遥远的地方。以前我一直以为那就是走出熟悉生活的远方，不受地域的限制。

可，如今越发发现，事实并非如此。

正如有的歌让人觉得很动听很愉悦，而有的歌就会给人感动和力量，还有那种达到内心深处的感觉。没有好坏之分，都喜欢，只是有的是欣赏歌曲本身，有的是感动于歌曲背后的旋律、歌词、歌者的嗓音、自己的共鸣、内心的情感经历等。

旅行也一样。

有的地方，会让人觉得很美，很欣赏，很享受，就像这两年一直环绕的欧洲古城和小镇；有的地方，会让人觉得很期待，很向往，很好奇，就像一直想去却去不成的埃及、中东、耶路撒冷；可，还有的地方，去到那里，就会有一种归宿感，命定感，一种“就是这里了”的感觉。记得南美的玛雅古城曾经给过三毛这种熟悉的感觉，也记得她好像说过：走到一个地方，停下来，歇一歇，然后不走了。

就是这种感觉！

“忘掉痛苦忘掉那地方
我们一起启程去流浪
虽然没有华厦美衣裳
但是心里充满着希望……”

昨晚，他说：“来，看看咱今年的行程，幻想一下那个金黄的旅游季节，是不是会开心一点？”

不可否认，每年都能出行，是一件很快乐的事情，周游世界也是一直以来的梦想。可，也许是有点审美疲劳，可能还是存在文化语言差异，可能还有别的原因，但不得不承认，内心深处，对这种越洋长途旅行，不再那么期待，甚至提不起兴致。

其实，只是想要回到那个地方，那个有雪山、有草地、有羊群的地方，那个让我能真正把心安放下来的地方。没有猎奇，没有探险，没有刺激，没有挑战自我，只是回到那个雪山下，在寺庙前烧一把松香，然后在草地上躺下来，晒晒太阳，看看雪山，安安心心地睡上一会儿。

然而，时间改变的还有我们的体质体能，我们早已不是当年那个还能承受高原反应，还能背着巨大背囊蹒跚前行，还能在铺满睡袋的帐篷里安然入睡的青葱少年了，早就不是了。

“我们要飞到那遥远地方
看一看　这世界并非那么凄凉
我们要飞到那遥远地方
望一望　这世界还是一片的光亮……”

怎么办？

还要走吗？

还要飞吗？

其实，没有时间是借口，没有体能是借口，没有钱是借口，家庭牵绊是借口，其实一切都是借口。

路一直在脚下，远方一直在那里，困惑我们的，其实是心灵上的回归，不那么累，不那么烦，回归自然，回归平静，回到那个看似遥远的地方，安享这片洁白、光亮，充满希望的世界。

走吧，飞吧，我们还年轻，还有希望……

……

附注：《张三的歌》是一首老歌，至今却仍感动我。喜欢这首歌的简单和安静，如同透过树叶的午后阳光，带出一种洗尽铅华的质朴和沧桑感，这是独属于我们每一个人的，心中的向往。

珍惜

行进在下班的路上，看着车窗外淡淡的蓝天，带着夏日淡淡的温度，扑面而来，忽然就想起一首很老的老歌，想起了那些再也回不去的过去。

“停泊在昨日离别的码头
好多梦
层层叠叠又斑驳……”

新疆，不是第一次去，但与10年前相比，少了许多青春飞扬的嚣张，多了些许沉稳和顾忌。西北的风景一如既往地美，还是喜欢坐在车上看窗外，辽阔的戈壁、宽广的沙漠、奇特的魔鬼城、顽强的胡杨林……如一幅幅美丽的画卷，无一不让人着迷，特别是西北那辽阔高远的蓝天，每每凝视，总是无法移开视线。

那天，半躺在兰州机场的椅子上候机，一抬头，便看见那散布着朵朵白云的高高的蓝天。

天，那么高，那么远，那么大，仿佛能把人吸进去。戴上耳机，闭上眼睛，让音乐把世事隔绝，全身心投入那片天空。当视觉逐渐失去作用，人仿佛来到一个纯白色的世界，全身暖洋洋的，渐渐能感觉到微风拂面，带着淡淡的花香，仿佛又回到了哈密鸣沙山脚下的那片芦苇滩。

从伊吾回哈密那天是难得的阴天，天上有乌云，太阳并不猛烈，清晨的风很凉，芦苇丛里却很温暖。我原本是坐在芦苇丛里拍照，后来索性躺下来，看着头顶蓝蓝的天，摇摇摆摆的芦苇，还有拍照的人，微笑。

头枕着软软的芦苇，呼吸间能感受到芦苇的清香，微风拂过，身边的芦苇如波浪般起伏，偶尔掠过耳边，有点痒痒的感觉。阳光漏下来，暖暖地洒在身上，顿时驱走清晨的寒意，睡意一阵袭来。身边传来相机咔嚓咔嚓的声音，跟远处滑沙的惊呼声、芦苇拂动的沙沙声搅和在一起，催人入梦。轻轻转动身体，寻找一个最舒适的姿势，小睡，做一个有蓝天、阳光、芦苇的美梦。

“人在夕阳黄昏后
陪着明月等寂寞
年少痴狂
有时难御晚秋风……”

时间如流沙般从指缝间缓缓流逝，一觉醒来，看到远处的沙山和已经爬得很高的太阳，一时竟以为又回到了鄯善的沙山公园。

那天走进沙漠的时候，太阳已经很高了，在漫漫黄沙中，一条石砖路蜿蜒伸向远方，走着走着，我们禁不住沙漠的诱惑，逐渐偏离大路，向沙漠深处走去。

往日时光

起初，我有点迟疑。毕竟，稍微正常一点的人都知道，顶着正午的太阳进沙漠何其疯狂。可，转念一想，人难免年少痴狂，难得出来一次，何不索性疯狂一回？于是，一行4人，带了不到3瓶水，像疯子一样朝着延绵不绝的大漠前进。

在沙漠里走路，其实很累，每一脚放下去，还得用力拔出来，然后再放下去，行走在沙脊线上，更是要费力地保持平衡。

沙漠真是大啊，跟曾去过的敦煌鸣沙山一样，一层一层的沙丘，延绵起伏，辽阔壮观。每当我们满怀期待地爬到目的地时，总能发现，山顶的那一边，还是山；沙漠的那一边，依旧是沙漠。一次次攀爬下来，难免有点心生绝望。

随着身后的脚印越来越多，身上带的水越来越少。大漠骄阳无情地蒸发着一切水分，也消耗着我们的体力。最终，我们在一处山顶坐下来，不顾座下滚烫的黄沙，相互依靠着休息。回望来时路，原本平滑的沙脊沙谷，留下了一串串凌乱的脚印，虽然没什么美感，却让人心生满足。毕竟，这是一步一个脚印走过来的，扎扎实实地挑战了自己的极限，也留下了自己的足迹。

就这么一直坐着，坐着，看着远方的沙漠，在风的作用下，不断变幻的形态，就像一出新疆舞蹈，既变幻莫测又热情奔放。

大自然的神奇，让人永远都看不透，永远都看不厌。

“经过你快乐时少烦恼多
经过我情深意浓缘分薄
谁说青春不能错　情愿热泪不低头
珍惜曾经拥有曾经牵过手……”

下午最美的时光，应在胡杨林。

仍然记得第一次触摸已经枯萎的米白色的胡杨树时的感觉：柔软的掌心贴着干燥的布满裂纹的树干缓缓滑动，仿佛是在抚摸千年前的生命，一种燥热的情绪，充满勃勃生机，带着米白色的太阳的温度和当年的美丽情景，透过掌心，传到心里，带来无限的感动和感慨。

走进万里胡杨林，那份震撼，更是难以言表。

离开栈道，走进胡杨的世界。蓝天下，死去的生命是那么富有张力。有的展开四肢，向天呐喊；有的挺直脊梁，风吹不倒；有的盘根错节，世代纠缠；有的甚至形似一只愤怒的猪头，让人忍俊不禁，又心生叹惜。

胡杨的世界，仿佛就是一个生与死交错的世界，活着的继续努力地活着，死去的依旧不甘心地挣扎。天地间回荡着一首首命运的交响曲，喜、怒、哀、乐一应俱全。静静地坐在栈桥边，静静地望着这一片挣扎的灵魂，沉浸在那遗失已久的梦里，只留给镜头一个寂寥的背影，落在夕阳下，融入不朽的生命里。

拨开头顶的树枝，信步走出胡杨的阴影，情不自禁张开双臂，轻轻拥抱眼前延续千年的生命。

拥抱吧，来自远古的生命！

拥抱吧，见证历史沧桑的智者！

拥抱吧，不倒的意志，不朽的精神！

胡杨林，第一次相见，却铭记一生。

“珍惜青春梦一场　珍惜相聚的时光

谁能年少不痴狂　独自闯荡

就算月有阴和缺　就算人有悲和欢
谁能够不扬梦想这张帆……”

其实，从新疆回来后最遗憾的是再也吃不到那么新鲜而风味独特的羊肉了！

新疆的美食真是丰富啊！

在吐鲁番吃到了“超级羊腿”，那“恐怖”的卖相能吓走大部分女生，但那味道却能让一行所有人（含女士）都把它啃得一干二净。总感觉吃过了地道的新疆烤羊，广东的羊简直吃不得，那口感、味道完全不一样。所以，对于热爱美食的广东人而言，吃到新疆烤羊，心里怕是只剩下三个词：羡慕、嫉妒、恨！

除了羊肉，新疆的奶茶和奶子也“别具风味”。这里的奶茶是咸的，奶味还比较重，感觉很奇怪。但骆驼奶子我还是硬着头皮喝了四碗。新疆的奶子其实就是我们的酸奶，但广东的酸奶味道酸酸甜甜的，很好喝，新疆的奶子是名副其实的“酸”奶，特别特别特别酸！第一口喝下去的时候，脸都皱成了苦瓜。正准备放弃时，当地人却告诉我们，他在这里工作了这么多年，还是第一次喝到骆驼奶子，特别难得，而且特别有营养价值，是癌症患者的疗伤圣品，简直是“包治百病”。司机师傅在一旁也添油加醋地说：他行车三十多年也是第一次喝到骆驼奶，可见巴里坤的朋友费了多大劲才弄来这二十斤。话说到这分儿上，也只能一咬牙，干了！

新疆还有很多好吃的东西，比如吐鲁番的葡萄、伊吾的哈密瓜、哈密五堡乡的大红枣等等，每天车上、饭桌上都摆满了各式各样的美食，一路下来，大部分人都体重上升，力气大长，简直是幸福人生啊！

“珍惜为我流的泪　珍惜为你的岁月
谁能无动又无衷这段珍贵
明天还有云要飞　留着天空陪我追
无怨无悔也是人生一种美……”

翻看旅行的相片，是一种享受，享受那些曾经经历的美景和美食，更想念那些曾经遇见的人与事。

如果说，10年前，新疆留给我的是一群大学生的疯狂记忆，那么，10年后，记忆最深的却是那些地地道道的新疆人。

许是因为新疆很大，夏天很热，遇到的新疆人都特别热情、爽朗、随和。

在去新疆之前，就已被反复告诫，新疆人很热情。可到了那里才知道，新疆人的热情远超出我们的预料，怕是不亚于吐鲁番盆地的热度。最早让我们感受到新疆式的热情的人是崔姐，有着圆圆的笑脸和好听的声音。她一路随行，起初我们还颇有距离感，后来直接升级为可以随意开玩笑的“崔指导员”，带给我们无尽的快乐。崔指导员可不是戏称，一路上，她给我们讲授了很多新疆特有的餐桌礼仪、饮酒文化和民俗风情。因为她，我们学会在餐桌上耐心等待主人的一次次致辞，趁机填饱肚子，不至于发生第一晚抢着敬酒的笑话；因为她，我们感受到新疆人让客人先吃东西后喝酒的体贴；因为她，我们知道了什么是鱼头鱼尾酒的说法；因为她，我们学会说“火息”（维语：干杯！）；因为她，我们学会跳维吾尔族和哈萨克族舞蹈，尽管跳得不好看；更因为她，我们对新疆伊犁和伊利特酒有了非常深刻的认识，只因她是伊犁人，喜欢喝家乡酒……

往日时光

许是因为新疆有太久远的历史，遇到的新疆人都特别能讲故事。

从未试过听故事听到入迷，那是在吐鲁番。那一天，沉迷在他们专业生动的讲解中，重新认识了交河故城和坎儿井；沉迷在他们讲述的新疆历史中，仿佛回到了汉唐时期风情万种的西域古国。

从未在一天之内有那么多的感悟，那是在哈密。那一天，在魔鬼城的朝阳里听向导讲述这里的历史变迁，然后看着他一个人慢慢地走向远处那已被废弃的城堡，忽然有一种天人合一的感觉，好像在漫漫的历史长河中，我们不过是沧海一粟，何其渺小！那一天，在胡杨林的傍晚里感受生命的张力，忽然又觉得生命可以如此坚韧而漫长，何其伟大！

很久不曾被一种精神所感动，那是在伊吾。那一晚，漫步在伊吾县城干净的街道上，月凉如水，听伊吾的朋友讲述他们的艰苦奋斗历程，讲述他们的夜不闭户、路不拾遗，讲述他们每天的义务劳动和无私奉献，深切地感受到那种付出时的快乐和收获时的骄傲，那是一种简单的幸福。

许是因为新疆有很多少数民族，遇到的新疆人都特别能歌善舞，特别快乐。

最喜欢每天晚饭时间和朋友们一起坐在透亮的葡萄架下吃饭，兴致一来，就放起音乐，来一段新疆舞蹈。哈密的一位维族朋友，跳起新疆舞来特别有感觉，简简单单几个手臂动作，配上节奏欢快的新疆歌曲，立即让人有一种想要和他一起跳起来的冲动。

在哈萨克族的毡房里，我们不仅吃到了地道的新疆美食，喝到了可遇不可求的骆驼奶子，还跟巴里坤的朋友们学了一段哈萨克族舞蹈。他们的舞蹈跳跃性更强，也更欢快，可以独舞，可以群舞，可以与狼共舞、与狐共舞，反正我们就是群魔乱舞。那种光着脚，在铺着地毯的毡房里载歌载舞的感觉真是太棒了！仿佛都放下了自己的身段，忘记了要扮演的角色，卸去所有伪装，忽视一切礼教约束，跟着音乐，跳起来，一直跳到气喘吁吁，笑到直不起腰，累到趴在地上，方才作罢。这样的人生，多自在，多快乐啊！

“珍惜为我流的泪
珍惜为你的岁月
无怨无悔也是人生一种美……”

旅行中，有太多故事，就让那些难以言表、无法诉诸文字的故事和感情深深地埋藏在心底吧，好好珍惜彼此相聚的岁月。

也许，未来还会遇见很多人、很多事，但愿有一天，我们再回首时，还能记得当时的年少轻狂，当时的青春飞扬，当时最真诚的相知相识，为充满缺憾的人生留下一段最美丽的记忆。

……………………………………………

附注：《珍惜》是一首老歌，属于20世纪的回忆。那天正好听到这首歌，正好在整理旅行的风景，正好想起新疆的那些人和那些事，于是有了上述文字。借这首老歌，向热情的新疆朋友们致意！

星空

傍晚，收到一份快件，是香格里拉的婚纱照。翻开最后一页，一片层次分明的蓝色星空映入眼帘，镜头前，我们笑得如此灿烂而纯粹，那是属于香格里拉的心情，美好得几乎不属于这个世界。

我轻轻抚摸着光洁的相册，想起一首歌。

“秋天的风吹过原野

无尽的星空　多灿烂……”

永远不会忘记下班后的深夜，凌晨的风格外凛冽，万家灯火虽已熄灭，道路却依旧灯火辉煌，霓虹灯下，残留着疯狂后的痕迹，却无比寂寞；不会忘记窗外的灯光，就像一片无尽的星空，如此灿烂，如此辉煌，我们就像天外的流星，被它吸引着纷纷坠落，因此奔波，因此疯狂，因此沉沦。

永远不会忘记香格里拉的夜晚，我们告别永远年轻的梅里雪山，披着一身星光赶往中甸，秋天的风吹过麦穗累累的原野，迎面扑来干净的气息；那一夜，浓浓的夜色和疲倦遮不住满天的星光灿烂，或明或暗的，干净而纯粹，就像无数会发光的萤火虫，悄悄地诉说异乡的思念，静静地守护这个喧闹的尘世留给我们的无奈的人生。

寂寞和纯粹，人生不过如此，即便是繁星满天，也抵不过彼此之间相距上千年的时间和距离。

“你曾这样轻声告诉我
无论相距有多遥远
只要我轻声呼唤你
你会放下一切到我身边。”

清冽的歌声远远传来，犹如一杯清醇的美酒，从头浇下，又如一缕午夜阳光，照亮漆黑的角落。

那时，从未想过自己也会过上倒班的生活，从未想过都市的夜晚也有这般寂寞的心情，从未想过行人寥寥的路上，也有着一群如我们一般的人，坐在来去匆匆的班车上，品味着这凌晨的宁静；那时，曾渡过从不适应到适应，从不认可到认可，从不理解到理解的过程；那时，曾在不知未来方向，深感所学无用中苦苦挣扎，唯怕一点小小的松懈都会换来永世不再的沉沦；那时，还曾因为那段看似遥远的距离而悲叹，一次又一次倾诉“有没有人告诉你”。所幸，从小养成不甘寂寞的习惯，人为地把工作之余的大量空闲时间填满，进而开始享受这种自由自在，自我掌控的生活，进而开始明白自由的快乐和自己的追求。

合上相册，抬头望天，仿佛又来到香格里拉的原野，那是相机无法捕捉的天空的眼睛，一点一点的闪亮是留在记忆里的星光，一字一句的信任，是曾经温暖生命的芬芳。

往日时光

“只是将你轻轻拥在我怀里
仰望着蓝色的星空
只是将你轻轻拥在我怀里
倾听着风的声音……”

曾经最爱落日下的暮色苍茫，总感叹那是怎样一段流金岁月，世事变幻，河山依旧，曾经的桑海沧田，如今唯有光秃秃的山体，在蓝天下岿然不动；曾经最爱望不尽的群山，总好奇那是怎样一段美好时光，岁月流逝，空留一声叹息，却带不走化石一般的记忆。

曾经是无数的曾经，曾经是无法复返的过去，曾经是刻骨铭心的记忆，不论美好与否，都是人生的烙印。如今回首，虽不能做到云淡风轻，至少维持一份平和的心情。

总是想起那一天，倚在他的怀里，仰望蓝色的星空。窗外，依旧是那片辽阔的大千世界，霓虹绚烂，每一颗心灵都渴望像鸟儿一样展翅飞翔；窗外，依旧是那片葱绿的纳帕海草原，牛羊成群，水光花影，野鹤在水边闲庭信步，微风轻吹，带来淡淡的花香；窗外，依旧是那纵横交错的高架桥，尽管错综复杂，仍有无数的游子为之而来。都市是一个不完美的桃源，人们带着爱恨交织的情绪，在这里奋斗拼搏，虽然无比向往那有着雪山草原野花牛羊的人间天堂，却依旧拥挤在这寸土寸金的小小世界中，挣扎。

都市每时每刻都在变化，香格里拉却一直在自我的世界中徘徊。那我们呢？在世事变幻中，是要一直坚持原来的自我？还是做那追逐时尚的弄潮儿？

星空无语！

我在一片星光中睡去，直到阳光轻轻敲打窗户，才发现，窗外又是崭新的一天：

如纳帕海的水，清澈明了；

如香格里拉的天，万里无云。

....

附注：《星空》的词特别美，曾听一位歌者现场演绎，嗓音如酒般清冽，让我一次又一次迷失在寂寞的都市午夜和纯净的香格里拉星空里，为夜沉醉。

好久不见

阳光明媚的下午，静坐窗边，一教还是老样子，即使在寒假期间，也有同学认真自习。清脆的钢琴声响起，一幅一幅画面接连出现，绿树、草地、蓝天、喷泉、教室、课桌、抱着书的少年、骑着车的情侣……满满的青春记忆，像泉水一般溢出来，母校，好久不见！

“我来到　你的城市
走过你来时的路
想象着　没我的日子
你是怎样的孤独……”

轻轻地踩上草坪，像当年一样，把自己整个沐浴在暖暖的阳光中，四周很寂寥，除了阳光，还是阳光。闭上眼睛，想象着当年第一次在惺亭旁参加英语角的青涩，想象着当年和初恋男友遍寻校园每一隐秘角落的甜蜜，想象着晚上独自到生科院上双学位课程的紧张，想象着毕业那年与舍友一起在草坪上凹造型的欢乐……母校，我回来了，同学们，我回来了，回到了这个有着我们共同回忆的城市，走在我们曾无数次走过的路上，想你们!

忍不住在校园里徘徊，从北门走到岭南堂，从伍舜德图书馆走到荣光堂，从一教走到小礼堂，从文科楼走到东门宿舍。走在熟悉的小路上，不禁想起那些年我们读过的经济学，想起那些年我们追过的孙洛平（教授）、王则柯（教授），想起那些年我们吃过的东门烧烤、下渡外卖……记忆是个多么奇怪的东西，曾经被微观经济学那十道期末考题折磨得那么惨，现在回想起来怎么全是怀念；曾经觉得能到下渡吃顿饭就算是特别加餐，现在再吃却已找不到当年那种齿颊留香的感觉，更别提早已被城管取缔的东门烧烤……在广州校区的那些年，把所有学习之余的时间都留给了恋爱，现在却很遗憾没有跟同学们一起好好玩玩；那些年，只恨每天的24小时，读书时间太少，总是熬到深夜，现在却那么怀念宿舍夜话的热闹欢乐……

“拿着你　给的照片
熟悉的那一条街
只是没了你的画面
我们回不到那天……”

熟悉的风景，熟悉的画面，熟悉的音乐，忽然，让我有点鼻酸，就像在十周年聚会上再次听到郭老师的歌声时一样，谈笑之间，泪水早已浸湿眼眶。

转眼，十年。

十年哪，就在不知不觉中过去了，毕业后几乎不再联系的小伙伴们，忽然从各个角落里冒出来，看着那一张张还不曾变化太多的容颜，才发现，已经十年。

特别喜欢安静地坐在聚会一角，听故事。十年，足以让我们都走上不同的岗位，走进不同行业，经历不同的精彩人生。许多小伙伴和我一样，进了一个很大的圈子，有的选择无奈地被改变，有的选择安静地享受生活；但还有很多同学进了另外一个圈子，或是创业或是打工，anyway，各有各的活法，各有各的精彩和辛酸。十年不见，大家争相诉说着自己的经历，偶尔也吐槽一下坑爹的现实，却很少相互比较，这最棒的地方，至少在这个朋友圈，不炫富、很真实，大家都很拼，背后的辛苦无须脑补亦能想象。这一群小伙伴，让人骄傲，让人自豪!

也许是在现在的圈子里待得太久，与外界失去了直接联系，在小伙伴们身上，仿佛看到了还在读书时的我们，耳畔仿佛又想起老师讲的那句话，大意是：你们是从岭院走出去的，一举一动都要像一个商学院的学生。不知道十年的浸染，会不会让我们失去那种举手投足间本该流露出的自信和坦然，但是，聚会和交流让我有机会从自己的小囵圄中跳出来，看看外面的世界，听听新鲜的事情，想想美好的未来，多好!

“你会不会忽然的出现
在街角的咖啡店
我会带着笑脸
挥手寒暄
和你　坐着聊聊天……”

来到小城市生活，一直浸泡在自己的生活里，工作、孩子、家庭……所有鸡毛蒜皮的琐事都是围绕着这几个中心旋转，仿佛是一个巨大的星系，带着强大的引力，把我深深地往深处拉，几乎都已经忘记了朋友和外面的世界。直到……

年初那会儿，遇到了一些不愉快的事情，虽是小事，却像最后一根稻草，撼动了我的世界观。那几天，我几乎不知道自己到底应该怎样走出家门，怎样面对工作上的人和事，不知道到底是应该像以往一样认真拼命还是应该像很多人说的那样把节奏放慢下来。迷茫中，想到了她们。

有朋友真好，没有人会揪着那些不愉快问个不停，偶尔不说话或放空，也不会有人质疑，她们只是和我坐在一起，吃吃喝喝，说说笑笑，仿佛生活就是这样，无论是苦是甜，至少有人陪伴。那天下午，阳光同样很暖，我们在阳光下安静地散步，她们还是那么有活力，热情洋溢地带我去体验广州的有轨电车，絮絮叨叨地抱怨老板的奇葩之举，哪怕我整个人就像被掏空一样，连走路都失神，身旁也会有人及时伸出手把我拉回正轨……

忽然发现，有朋友真好！即使平时不常见面，可有需要的时候，她们会是那个毫不犹豫拥抱你的人。而很多时候，我们最需要的，或许就是一个温暖的拥抱和陪伴。

“我多么想和你见一面
看看你最近改变
不再去说从前
只是寒暄对你说一句
只是说一句
好久不见……”

往日时光

也许是对朋友这个概念有了新的理解，以往总是静悄悄返校的我，这次却忽然起了联系老同学的心思。午后，老同学一边悠然自得地泡茶，一边回答我对自营产品的各种疑惑和好奇，整个气质与暖暖的阳光融合在一起，仿佛也带着一丝淡淡的茶香。我没有深入询问生意场上的事情，他也没有说太多这些年的经历，只是简单的寒暄，偶尔交流一些关于我们共同认识的同学近况，却让多年未见的尴尬在不知不觉中化解。直到回到学校时，仍记得那温暖的午后阳光和淡淡茶香，这样多好！

也许，与人交流并没有那么困难，也许不要想太多，坦然处之便是最好的处世之道。

"拿着你　给的照片
熟悉的那一条街
只是没了你的画面
我们回不到那天……"

忽然兴起回校的最初原因是那部电视剧《何以笙箫默》，想去找寻当年初恋的感觉。

可是，事实并不如愿。工作以后的我们，不像读书时那般自由，老公下班后匆匆赶来，饭后早已夜深。由于没有带单车，想再度骑车夜游校园的想法也落空了，我们只能开着车子在漆黑的小巷中摸索。第二天是周末，本想继续在学校闲逛，却在早餐还未结束时便接到需要即刻赶回的电话，我们相视无语，只能一路狂飙，匆匆回赶。

当晚，终于忙完所有事情，老公忽然心血来潮，带我跑到乡下一个小村子里看房子，四周，黑乎乎的，什么也看不到，正想习惯性地抱怨两句，不经意间抬头，却看到了满天繁星，美得让人一时失去说话的意愿。我指着远处的星星，笑着问老公："要不咱十周年的时候给我升级一个钻戒吧？就像那颗星星一样闪闪的。"回应我的是老公的一个吻。

忽然明白，即使重复做当年做过的事情，重复走当年走过的路，我们也再回不到那天！可即使如此，十多年过去了，至少我们还在一起！看看身边的男人，胖了，有皱纹了，胡子还没来得及刮，身材也不复当年那般挺拔潇洒，可是即使如此，我们还在一起，不是吗？即使生活中开始有了很多争吵，想法有了很多分歧，即使甜蜜和浪漫一去不复返，可我们还在一起，这就够了！未来，孩子会长大，父母会老去，而最后携手前行的仍然是我们，那就够了！

"你会不会忽然的出现
在街角的咖啡店
我会带着笑脸
挥手寒暄
和你　坐着聊聊天……"

休息了几天，没有如以往般安排了密集的旅游行程，而是安然睡到自然醒。有太阳的时候，就把回忆拿出来晒一晒；没太阳的时候，就窝在被窝里煲剧；睡不着的午后，抱着手提电脑，跑到街角的咖啡店里，听歌，写文；写得出来的时候，文思泉涌，写不出来的时候，就放一边，发呆。没有计划，没有安排，什么都没有，把一切都暂时丢掉，空空的，却意外地找回了最初的自己，找回那种"安"的状态！

往日时光

“我多么想和你见一面
看看你最近改变
不再去说从前
只是寒暄对你说一句
只是说一句
好久不见——”

校园、朋友、初恋、青春，好久不见！
最初的自己，好久不见！

……………………………………………………

附注：《好久不见》是一首不算新的作品，刚发行的时候听没有什么感觉。可是，当这首作品放在《何以笙箫默》剧中，配上青葱的校园时光，再代入毕业十年的经历，一幅幅画面便随着泪水一起涌了出来。也许，是因为我们“80后”开始集体步入中年，面对远去的青春，我们也只能用《那些年》、《致青春》、《匆匆那年》、《何以笙箫默》等影视小说作品来缅怀。这是我们“80后”的集体回忆，很美好，很阳光，会让我们充满能量去迎接下一个十年。

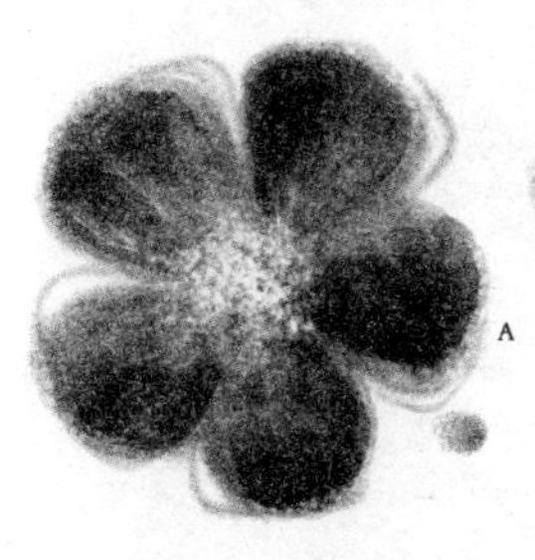

A I Y U C H E N G 爱与诚

朱彦晴小朋友涂鸦作品

有没有人告诉你

夜深沉，卸去一身疲惫，打开播放器，安静的旋律如流水般倾泻下来，不禁让人想起静夜里银白色的月光。

“当火车开入这座陌生的城市
那是从来就没有见过的霓虹
我打开离别时你送我的信件
忽然感到无比的思念……”

经过几个星期的折腾，终于告别单身宿舍，搬入刚租下来的房子。窝在椅子里，环顾收拾干净的房间，一种久违了的家的感觉油然而生，虽然还是一个人，但至少像个家了。有了家，就有了归宿，窗外霓虹绚烂的都市也不像以往那般令人生厌。

前些天接到好友来电，一贯坚强的她，在电话里忽然变得很脆弱，唯一的理由还是爱情。一个多小时的絮絮叨叨，讲述了爱情与事业理想的冲突，爱情与个性的矛盾，时空的差距带来的误会和不体谅，单方面的付出和单方面的占有与控制，还有当爱情遭遇婚姻、当梦想遭遇现实的幻灭……

那些原以为很遥远的情节和桥段，一旦发生在好友身上，竟觉得是这样心疼。实在很难理解，一个女孩怎能为爱情付出那么多，不计较自己的需要，不在乎自己的个性，甚至是牺牲在我看来涉及个人尊严的原则性问题。总认为爱情不是简单的占有与控制，可是，爱与被爱为何有这么大的差别？

“看不见雪的冬天不夜的城市
我听见有人欢呼有人在哭泣
早习惯穿梭充满诱惑的黑夜
但却无法忘记你的脸……”

好友说了很多话，其中有这么一句：“原以为世俗的习惯和做法是可以改变的，可随着年龄增长，才发现世俗很难改变，女孩子到了一定年龄还是要结婚，还是要成家的。”语气中的无奈和无力深深触动了我。是什么样的认知让这样一个坚强骄傲的女孩向传统世俗低头？又是什么样的经历让她终于变成世俗中人？虽然这个转变未必不好，或许，这个转变是人生中的必然，但从这一刻起，我们都不可避免的长大了。

可是，我又有点迷惑。到底什么是爱情？什么是婚姻？

母亲曾说过，在她们这一辈人中，大多数婚姻都是凑合过的。人们因为应该结婚，所以到了适当的年龄就会结婚，结婚后因为有了小孩，所以理所当然就应该生活在一个家庭里，可这只是一种习惯，一种责任，一种义务。睡在一张床上的夫妇常常几年都没有交流，生活在一个屋檐下的男人和女人却是各过各的日子，在他们的生命中，朋友、社交活动甚至比丈夫/妻子来得重要。

这种婚姻让我害怕，因为它的基础不是感情，而变成“应该”。总觉得没有应该结的婚，也没有必然要出生的孩子，社会上有那么多不可控制的事情，唯有自己的人生不应当被所谓的世俗操控。所以，每次看到父母挽着手散步，看到他们相互参与彼此的生命，共同走过那些岁月，我就会有一种很幸福的感觉。婚姻是两个家庭的事，也是两个人的事，爱情、亲情都是不可或缺的元素。如果不能执子之手，相濡以沫，那么，朋友，请不要轻易选择婚姻的承诺。毕竟社会越来越开放，除了婚姻，还有更多的选择。

只是，请为婚姻保留最后一点神圣和单纯。

“有没有人曾告诉你我很爱你
有没有人曾在你日记里哭泣
有没有人曾告诉你我很在意
在意这座城市的距离……”

尽管早已习惯独自穿梭充满诱惑的黑夜，尽管彼此间的裂痕早已存在，可她还是无法舍弃共同拥有的美好，面对矛盾，宁愿选择闭上眼睛。我不是当事人，不知道这种执着是否值得鼓励。

只是……

亲爱的朋友，有没有人告诉你，人生不会只有一种选择，未来还有许多可能；朋友，有没有人告诉你，我也曾长期和他分隔两地，我也很在意这座城市的距离，但当我需要做出选择时，才发现时空的距离根本不是决定性因素，世俗的眼光和压力都是身外物，关键是你的心里到底想要什么，是爱情，是尊严，是付出，还是平淡安静的生活；朋友，有没有人告诉你，爱情可以轰轰烈烈，不计结果，可婚姻的背后是一辈子的生活，需要彼此扶持，所以婚姻的天平是对等的，单方面的付出不会开出幸福的花朵；亲爱的朋友，有没有人告诉你，站在一旁的我们都很心疼你，有没有人告诉你，女孩要对自己好一点，有没有人告诉你，世界还很大，人生的路还很漫长……

亲爱的朋友，对于爱情，对于婚姻，对于人生，我们都是初学者，总会栽跟头，总会遇到挫折，只是不要放弃，相信总有一天，你一定会遇见适合自己的那一半。

抬头看窗外，夜凉如水，新月如钩，歌声流动，思念不断，默默填满每一寸空间。

远方的朋友，为你祝福，希望一切安好。

…………………………………………………

附注：《有没有人告诉你》是一首能抚慰人心的歌曲，有一个版本的吉他前奏特别优美，哀而不伤，引起许多遐思。

某某

新年的天空，雨下个不停。放下手里的电话，心里有点难过，因为好友还是失恋了，更因为她多年的坚持没有最终换来好的结果。

雨天里，有一种莫名的忧伤在蔓延，仿佛一缕缕青烟，一圈圈回忆，定格在那某年某月的某一天……

“还记得某年某月的某一天
你坐在酒吧吧台的角落里
点燃一支烟熄灭了昨天
回忆变成一圈圈……”

某年某月的某一天，天空同样下着小雨，我们丢开雨伞，跑进雨里玩耍，老房子前面的草地还未被铲平，大马路还未通车，杂草间留下的是我们快乐的笑声，是童年的记忆。

那时，我们太年轻，年轻得对这个世界充满了无限的幻想和期盼；那时，我们太单纯，沉溺在漫画和童话中，总认为对待爱情就应该单纯且执着；那时，我们太天真，天真到以为实力能换来进步，努力能换来好的生活，真心付出能得到真正的爱情……

可是——

“还记得某年某月的某一天
你搭错巴士来到了某地点
无所谓时间无所谓地点
谁会出现这一天……”

某年某月的某一天，我们在雨中坐上火车，各自奔向远方的城市。在外求学的日子，过得自由而惬意。你依旧朋友成群，一起研究植物动物，一起打球玩耍；我依旧过一个人的生活，一个人读书散步，一个人看日出日落，各自享受美好的大学时光。

那时，信纸里写满的是对未来生活的美好构想，电话里絮絮叨叨的是初尝爱情的甜酸苦辣；那时，我们都邂逅了自己生命中的第一个男生，都以为自己找到了MR.Right，都发誓要坚持到底……

可是——

“你渴望得到爱情保护
受伤时有人去哭
不奢求多铭心刻骨
偶尔的在乎无奈他都不给……”

某年某月的某一天，我们又因为工作而来到了同一个城市。在这个灯红酒绿的世界里，你尝试了各种各样的工作，只为留下来，等他；而我却为了自己的自尊不肯离开，一边努力工作，一边，等他。

爱与诚

那时，我们都曾经过着深夜1点多下班的生活，你在独自归家的路上逐渐学会坚强，我在深夜的班车上为想念屡屡泪流。那时，我们都渴望得到爱情保护，受伤时有人去哭，可是，你的他，我的他，都离我们好远，只能在电话里无奈地劝我们再勇敢一些。谁又知道，再坚强的女人也希望有人呵护。

那时，我生病，你推掉工作陪我去抓药；那时，我第一次与他的家人发生冲突，受了委屈又不敢跟家里人讲，只能把你当成自己的救命稻草，紧抓不放……

直到某年某月的某一天，你结束了第一次爱情，毫不犹豫地离开，这个城市对我而言再度变得疏离。

“你总是无法习惯孤独
喝醉时一个人哭
眼泪把现实都模糊
过去一幕幕放纵的爱不能去填补
过去一幕幕放纵的爱不能……”

某年某月的某一天，我终于步入婚姻殿堂，而你，也重新找到自己所爱，在热恋中为我祝福。

那时，五月的天很美好，走过天蓝色的地毯，我和他终于在你们的见证下走到一起。背对着你们抛花球时，亲爱的朋友，我多么希望你能接到我的幸福花球，多么希望你是下一位幸福的新娘。

可是——

某年某月的某一天，你忽然给上班中的我打电话，絮絮叨叨地诉说你们之间的不合和矛盾，当时的我直觉是劝说你们分开，因为在我看来那些矛盾已经不是鸡毛蒜皮的小打小闹，而是涉及了两人相处时的一些原则性问题。

那时，我已经结婚，深深体会到婚姻虽说是两个家庭的结合，但最终还是两个人的事，如果两个人需要靠一方的无限妥协和牺牲来成全，那这种看似美满的关系又能维持多久？可惜，你听不进去。

“你渴望得到爱情保护
受伤时有人去哭
那么一点点的要求
向老天乞求为什么都不给……”

某年某月的某一天，我抱着刚出生的女儿，离开了奋斗数年的城市。我不知道当初你义无反顾地离开时，心里会是怎样的感受，可我却真真实实地感到不舍和迷茫。

忽然，你告诉我，你坚持了三年的爱情结束了，那一瞬间，我也惊呆了。真的没有想到，在我得到了一个家的时候，你却失去了坚持下去的信念。

如今，那些不知某年某月的时光，早已流失在记忆里，我们都已回不去了。

“你总是无法习惯孤独
喝醉时一个人哭
怎么那么多的情人都那么伤人
还有谁会为爱守一生……”

爱与诚

人生若只初相见。

可，时间流逝，很多事情都在改变。爱情需要坚持，却不需要过多的牺牲，生活需要坚持，却也需要自我调适。

有人说，人生有很多选择，可能对也可能错，但无论任何一个选择都一定充满着曲折。很辛酸的话，却也很有道理，毕竟，当初坚守爱情是你的选择，正如当初离开深圳是我的选择一样。或许，这正是我们每一个人迈向成熟的必经之路吧。

只是，在这些曲折的选择中，不要迷失自己，不要放弃心中的那一片仅剩的单纯天空，不要质疑——谁会为爱守一生。毕竟，在这个纷纷扰扰的世界里，总需要有那么一点信念的支撑，否则如何面对那些复杂的人和事？

最近，每当感到烦躁不安，感到困惑不解的时候，我常常想起一句话，“疲惫的时候，哼一首歌等日落”，觉得特别窝心。这曾经是我追求的一种“安”的状态，却不知不觉被遗忘了。忙忙碌碌到最后，才发现已经好久没有这种等待的心情。原来，当初在深圳努力等待的心情也是这般美好和干净，即使那已经成为过去，也是人生经历中最美丽的一段往事。

所以，亲爱的朋友，请再坚持一下吧。坚持不一定会有结果，但至少不会留下遗憾！

……………………………………………………

附注：《某某》是一首小情歌，忧伤的曲调和歌词，适合那些有感情故事的人听。听着歌，忽然就想起了好友，想起了我们共同的经历。

经过

随着四月的临近，让人无比厌倦的梅雨季逐渐走远，清晨的街道再次沐浴在清澈的阳光里，让人不禁心生暖意。

随手打开播放器，悠扬的音乐穿过车窗，飘向远方。路上，行人、汽车、单车、电动车、摩托车穿梭往来，相互经过却互不认识，有点好奇：他们，那些熟悉的、陌生的人们，又是过着怎样的人生呢？

“若我爱你的方式
已不同开始
不如我们变换下位置
看一看原来它的样子……”

昨晚听到的一个消息：一位老朋友跟他的女友分手了。有点吃惊！

分手本是常事，可这对情侣相互经历了长时间长距离的考验，没想到最后还是没有修成正果，不禁让人倍感遗憾。

数年前，在我的婚礼上，他们也是携手而来。她满怀羡慕地对我说自己也想结婚了。其实，哪个女孩不对自己一生一次的婚礼充满期待呢。那时，他们是那么年轻，还有时间去挥霍；他们不考虑将来，不考虑婚姻，也没有想过会分开；他们拥有跨国恋情的浪漫，他们珍惜每次难得的相聚，他们享受没有家庭和子女牵绊的自由，这不正是现代年轻人追求的吗？

可是……

“我害怕那种坚持
无声的休止
浪漫被岁月滴水穿石
散落却从来都没发觉
沉默的你呀　我们能懂得
什么都不说……”

前阵子，她在一个大城市找到了工作，自然不愿意再次回小城生活。然而，在同样的时间里，他已经适应了小城市休闲自在的生活，工作稳定，收入颇丰。经过了那么多年的两地分隔，双方都有了各自的事业和生活圈，当浪漫被岁月滴水穿石，爱的方式和感觉都在不知不觉中发生了变化，早已不同开始。

人生若只初相见！

多么美好的期盼和假设！

可惜，人生永远都不会只停留在最初相见的美好，如果不能共同面对改变，那两人之间的距离只能越来越远。就算两人最终走在一起，可只要双方都不愿意妥协，两地分居的日子和越来越远的生活理念必然会对婚姻造成巨大的伤害。我想，他或许是想通了这一点，所以选择放手。

“如果这生命如同一段旅程
总要走过后才完整
谁不曾怀疑过　相信过　等待过　离开过
有过都值得……”

最近，似乎不少朋友陷入分手的怪圈，而他们在议论时总是把我和老公的经历视为特例。

其实，我很想跟他们说，每一对情侣，每一段缘分都是独特的。所谓“不是一家人，不进一家门”，每一对终成眷属的恋人、夫妻都有自己的相处之道。我和老公的个性有太多相似的地方，对感情的依赖性都很强，对家庭和感情看得比事业更重要，虽然我经常觉得这样的老公好像事业心也太弱了一点，可是回头想想，难道真想找一个天天忙着做大官或赚大钱的老公吗？到时也一身名牌斗小三？

至于当初放弃留洋，最主要的原因是自己实在没有独自留洋的勇气和信心，老公的阻拦只是给了我一个不去的理由。毕业后，虽然老公也是在一个二线城市工作，但是工作开始并不轻松稳定，经历许多波折和努力才有了现在的成果，最关键的是他也独自一人在外打拼，没有家人在身边支持，和我一样，所以两人一直相互扶持，相互依赖，相互影响，一直有说不完的话和逐渐趋同的生活理念，最后选择在一起也是水到渠成。

“多幸运有你为伴每个挫折

纵流过眼泪又如何
我想象的未来
和永远是有你一起的
怎么都不换
曾有的经过……”

不管最终结果如何，最美好的还是那段过程，不是吗？或许，这个坎会为我们打开另一扇窗户，看到人生的另一种可能，也未定呢？

但无论如何，曾经的美好最值得珍惜，毕竟人生这段旅程总是要一步步走过，才算完整，每个来去匆匆的路人，谁不曾怀疑过，相信过，等待过，离开过，只要拥有过，一切都值得！

等到那一天，大家都老去，我们或许会感到庆幸，庆幸年轻的时候有你，伴我度过那些青葱岁月；庆幸有你，才有那些甜蜜时光，才有那些跨洋越海的思念，才有那些曾有的经过，化成嘴角一丝淡淡的笑容。

祝福，送给那些因为各种原因最后没有走到一起的朋友们！

……………………………………………………

附注：《经过》是电视剧《夫妻那些事》的插曲，恰如其分地道出了男人和女人之间的那些感情变化的过程，也表达了一份对爱情的珍惜和爱护之心，让人心生暖意，很喜欢。

没那么简单

晚上，坐在窗前，看夜色中的城市，听歌。

喧闹的气息，五光十色的夜景，低沉的都市歌谣，充斥着都市人的无奈与嘲讽，不禁想起当年深圳的灯红酒绿，和迷失的心情，那是如何的寂寞！

“没那么简单
就能找到聊得来的伴
尤其是在看过了那么多的背叛
总是不安　只好强悍
谁谋杀了我的浪漫……”

无聊之余，又看了一遍《步步惊心》（小说）。以前看的时候，觉得步步惊心，如今看来，却觉得过于纠结和自虐。

爱，为什么不能简单一点？为什么总是要步步为营，精心算计？

前阵子，新婚姻法引发了对婚姻和夫妻财产的争议，就如同一颗炸弹，把现代社会原本就已脆弱无比的爱情炸得体无完肤，颇有点“要谈爱情，请先把钱账算清”的味道。似乎爱情就是一场交易，要算清投入产出和回报率。

记得有一天跟朋友吃饭，一位正怀着宝宝的朋友说老公不准备支付孩子的抚养费用，买了房子，也不打算写老婆的名字，于是这个做老婆的也就把准备帮忙付房贷的存款全部自己花掉，一分钱也不留给老公……

我听着觉得很别扭，感觉这夫妻俩的相处氛围特别奇怪。可朋友却不以为然。

我不禁无语——真的无所谓吗？

“没那么简单
就能去爱　别的全不看
变得实际　也许好　也许坏　各一半
不爱孤单　一久也习惯
不用担心谁　也不用被谁管……”

还记得当年在罗湖的时候，身边年轻的男孩女孩们总会时不时闹失恋，然后下了班后去喝酒、唱歌。那时，我跟男友吵架，闺蜜就请假和我一起跑到香格里拉去疗伤；那时，年轻的同事之间会有一点点朦胧的小暧昧，但却无伤大雅，等到失恋的时候就发现蓝颜知己的好处；那时，失恋真是挺痛苦的，当事人常常喝得大醉不醒，没失恋的就得干多一份活，反正“有难同当”。不过，这样似乎才更有人情味儿，至少，我们都是真正在谈恋爱，品味其中的苦辣酸甜。那些阅历丰富的老同志看在眼里，有怜悯，有羡慕，更多的是宽容，多好！

但最近我忽然发现，好像人们越来越坚强了。就像《男人帮》里面的顾小白，前两天跟莫小闵分手的时候伤心欲绝，一集没看，他又已另结新欢，以同样肉麻的方式去哄另外一个女孩开心。很惊诧——如今，爱情的结束与开始，竟然那么简单？

前两天听一位年轻男孩说爱情，他认为人一生至少要谈三次恋爱，第一次是懵懂，第二次刻骨铭心，第三次细水长流。

天啊！我惊叹：用情一次足以伤心又伤身，还要谈三次，那心理得多强大！

更何况如果本着真心付出的态度去对待，那应如何面对后两次的恋人；如果压根没有付出感情，又何来刻骨铭心？又怎么做到细水长流而不断流？

或许是我out了。在现代社会，分手、离婚都不是新鲜事儿，开心的时候就在一起，不开心的时候就分开，甚至不需要更多理由。分分合合，都是各人的选择。

“感觉快乐就忙东忙西
感觉累了就放空自己
别人说的话随便听一听
自己作决定……”

选择，是的，最重要的就是选择。

烦闷的时候，我们可以选择关上手机，一个人窝在家里；快乐的时候，可以呼朋唤友，热闹一番；感觉累了，可以放空自己，什么都不想；失恋了，可以去大吃一顿，可以血拼解恨，也可以借酒浇愁；包括是否拍拖、是否结婚、是否工作、是否要小孩等等都是可以选择的。诚如顾小白所言："男人选择女人、女人选择男人、男人选择男人、女人选择女人，终其一生。"

只是，我们如何选择？选择的标准是什么？

看着身旁还没有"婚"的男孩女孩们天天忙相亲，条件优越的挑花了眼，感叹自己有价无市；条件一般的赶快买车买房以增加资本。相亲的双方各自漫天撒网，然后看外形，看背景，最好是有房、有车、有稳定工作，甚至是有一个好爸爸！

是的，顾小白说："因为这个世界上没有尽善尽美，我们只能选择对自己最有利的，选择成为我们不被淘汰的理由，成了我们活下去的法宝。"

至于爱情？

他们说："这玩意儿太奢侈，不现实。"

"不想拥有太多情绪
一杯红酒配电影
在周末晚上关上了手机
舒服窝在沙发里……"

只是我觉得，朋友的不在乎，或许是因为他们之间没有很深的感情；剧中的男女主角不在乎，或许是因为他们不知道自己到底是需要爱情还是爱人；年轻的男孩女孩们不在乎，或许是因为他们还没有真的爱上一个人。或许，现代人，压根就不愿意拥有太多太深的感情。

其实，"情"之一字，最是伤人。三毛在荷西去世后所写的那些文字是那么伤心、那么痛苦，让人感同身受，当时我也曾想，换了是我，又当如何？答案是：痛不欲生。我们会伤心，会难过，会气愤，只因为对方是自己最在乎的人，所以才会心不设防。

于是，当爱情变得越来越理智，越来越现实，越来越不简单，男女双方也就不再轻易付出感情，这有错吗？当然没有，因为结婚后必然要面对爱情与面包的问题；因为失恋是那么伤人，而现代人却又是那么地伤不起！

伤不起啊！

“相爱没有那么容易
每个人有他的脾气
过了爱做梦的年纪
轰轰烈烈不如平静……”

前两天跟同事聊天，听她絮絮叨叨地述说家庭和婚姻的烦恼，最后得到一句提醒：“别看你和老公现在虽然甜蜜，但以后的事情很难说，平时要增强心理承受力，不要太单纯了……”

又想起同事们说起的关于老婆在老公车上装GPS监控老公的动向，老公则每次都把车停在公共停车场，然后打的去应酬场所的故事，想起《男人帮》里关于跟踪和信任的话题，一时无语。

有人说：“不要跟我谈什么爱情，这东西我以前相信，现在也相信，但是不相信会落到我头上。”

也有人质疑：“爱情，归根到底，是不是我们为了满足现实的需要，而编织出来的一个最大的谎言？”

怀疑就像一颗种子，一旦种下，就会生根发芽。随后事情的发展趋势便也逐渐向着人们最害怕的方向去走，这其中，对方可能有错，自己也绝对非无过。所以，我宁愿不要这颗种子，做一个简单的人，可能有被骗的风险，可能会成为悲剧的主角，但至少不是悲剧的导演。

相爱真的没那么容易，每个人都有他的脾气，与其去怀疑，不如给予更多的信任和关怀。当时间不可挽留地逝去，当如花般美丽的容颜一点点老去，当轰轰烈烈的爱情灰飞烟灭时，能够挽留的只有无数美好的回忆和如水般平淡却温柔的眷恋，将彼此紧紧缠绕在一起，这不是很好吗？

当然，如果真要面对那一天，会怎样，现在无法想象，还是到时候再说吧。珍惜眼前、好好经营，比杞人忧天、疑神疑鬼更有意义。

“幸福没有那么容易
才会特别让人着迷
什么都不懂的年纪
曾经最掏心
所以最开心曾经……”

爱情也好，婚姻也罢，从分分合合到干脆不分不合，说到底都是人的贪念在作怪。要获得幸福并不容易，但也没有想象那么复杂。不要老想着以后会遇到更好的，现在能够拥有的就是最好的；不要因为距离太远而放弃，爱情是可以和你一起坐长途大巴的；不要因为对方条件不好就放弃，只要不是无能的人，勤劳可以让你们共同富裕，关键在于共同成长带来的共同经历和更深的感情。恋爱经历太多，会麻木；分离太多，会习惯；相亲太多，会疲劳；换恋人太多，会比较；到最后，便不再相信爱情，随便找一个不爱的人结婚。不要以为这样就会细水长流，平淡一生。这样的细水流不长，迟早会断流!

“想念最伤心

但却最动心的记忆……”

始终相信，对梦想的坚持，对目标的坚持，对良知的坚持，对生活的坚持，对原则的坚持，对所爱的坚持，会让我们离幸福更近一点。

……………………………………………………

附注：《没那么简单》是一首比较随性的歌，唱出了现代人的无奈，也有一种自我调适和调侃的味道。

月满西楼

安静而清冷的周末，一个人坐在窗边看书。窗外夜色弥漫，潮湿的空气中，隐隐飘散着点点青草的味道，很干净。

一边听着李烁吟唱的宋词，仿佛自己也回到了那个吟诗作赋的年代。

“红藕香残玉簟秋
轻解罗裳独上兰舟
嗯……
轻解罗裳独上兰舟……”

翻开杂志，看到一篇人物采访笔记——《像植物循四季生长》。文章里的女主，我没听说过，不过从题目来看，这显然是一个很诗意的女人。的确，别人说她是一个“活在花开花落间的诗意女人”，她却说“其实没有人比自己活得更积极，又更宿命”。

我想，如果“母亲患有精神病，从小便生活在疯狂与正常之间”，换作是我，怕是早已崩溃。可是她却说：“妈妈一犯病，不管刮风下雨还是数九寒冬，总往野外跑。我挎着篮子，一边采野菜，一边找妈妈，野菜装满篮子，妈妈也就回来了。风吹着院子外的荒野，蒿草如海浪一样翻滚。我挎着半篮野菜半篮鲜花，搀扶着妈妈回家。”经历过的苦与悲在淡淡的叙述中变得如此诗意，或许经历于她不过是生活中的一个点，却不是生活本身。

她说“妈妈的苦难让我认识了世界——在山野里，一路风景就是朋友，和山谷的百合聊天，看着花尖菜、明叶菜、刺芽慢慢长成……”

苦难，或许是我们这代人无法承担的一个名词，因为在我们的经历里还没有任何挫折能担得起苦难一词。于是，我们沉溺于自己的生活中，自怨自艾。其实，单单是连年不断的地震和战乱，就已远超出我们的负荷，自己那点痛那点酸又算得了什么？

自然，或许也是让我们陌生的一个名词，在石头水泥的森林里，在名利场的角逐里，早就忘了小时候的荷塘，忘了野花的味道，忘了自然才是最真实的存在。于是，看到她说：“我熟悉花草树木的味道胜过人的语言。人生悲欢离合，早在自然里全部演绎完了。”忽然想起自己小时候跟树木花草说话时傻乎乎的样子。那会儿，每次跟着父母到新的地方旅行，都喜欢静静地对着车窗外陌生的风景和熟悉的花草发呆，听它们说这里发生的故事。可是，慢慢长大了，我开始想，儿时的那些行为或许只是一种对人际交往的逃避和自欺欺人，于是慢慢地也就不再相信自然。如今想起，个中滋味，难以言明。

“云中谁寄锦书来

雁字回时月满西楼

嗯……

雁字回时月满西楼……”

窗外的月是冷的，十五早已过，月亮已半弯。站在一个人的阳台，被夜色笼罩，很舒服，很安全。

她说：“妈妈清醒时问我，你恨我吗？我告诉她，生命是自己的，你给了我生命，你的任务就完成了，我的好坏和你没有关系。”

很冰冷的语言，却让我触摸到一种说不清的情绪。其实我也摸不清父母与子女的关系。作为子女，有过对父母的依赖，有过对父母的崇拜和羡慕，也有过埋怨和不满。作为新手妈妈，心里满满当当的是对女儿的心疼和眷恋，却不知道将来她是否明白妈妈的心，还是会有诸多埋怨……

或许有一天，我们会忘了曾经摘过的花，忘了曾受的伤，却仍爱那随风摇曳的童年时光。因为这是我们的人生啊！谁也不能否定过去，更不能选择自己的父母家庭，只能满怀感恩地接受，直到时光流逝，终有一天变成一份缠绵的眷恋。

“花自飘零水自流
一种相思两处闲愁
此情无计可消除
才下眉头却上心头……”

这确实是一个诗意的女人，看着她在冬天里走过妈妈指引的山野的路，看着她在春天里奋斗拼搏，像《飘》里的斯佳丽一样撑起一个家，看着她在夏天里学画画，“借助画笔，看见消失在故乡的莲花，看见洪水之上的向日葵，体会原野的意志，也更懂得经历的可贵”，看着她在秋天里越发符合自然地活着，每天十点半前睡觉，在睡梦中感觉凌晨两点花朵盛开，星星走近，树皮剥落抽出新芽，鸟儿呼扇翅膀飞过窗棂……

多美的生活，多美的梦，诗意的女人，总是活在似睡非睡的梦中，活在童年的野花里，脸上没有柴米油盐留下的满腹怨气，没有岁月刻下的沟沟壑壑，在她们心里，永远都有一个纯净的梦。我喜欢这样的女人，不为名利所蒙蔽，不为繁华所倾倒，只为春夏秋冬而吟唱。花自飘零水自流，一种相思两处闲愁，管他呢，我们不过是一个女人，一个爱做梦的女人。

“花自飘零水自流
一种相思两处闲愁
此情无计可消除
才下眉头却上心头……”

她说，想妈妈了，哭着念：前方没有天堂，天堂在走过的地方。我想，每人都有过去，好好珍惜，就能找到天堂。

……………………………………………………

附注：《月满西楼》是李烁吟唱的一首宋词，曲子如宋词一般委婉动人，仿佛一名婉约的女子，眉尖微蹙，独自泛舟。最近爱读一些过期的杂志，比如《25ans》。书里的这个女人，不令人羡慕，因为她经历的苦难一定比语言能表达的更刻骨铭心，但令人感动，因为她把那些经历都沉淀成滋养的泥土，终于成为花一样美丽的女人。希望自己有一天也能这样，在5年、10年后，找到属于自己的“安”的状态，也成为一个循着四季生长的美丽女人。

思念母亲

春暖花开的日子，给自己放一个长假。关掉闹钟，忘记工作，睡醒后就坐在窗明几净的咖啡厅里，打发午后的明媚时光。

倚坐在柔软的沙发里，香醇的哥伦比亚散发着暖暖的浓香，窗外，车来车往，却不太忙碌。本来嘛，这里又不是深圳，这是一个小城，我的家乡。

耳畔传来一段前奏，马头琴的悠扬，带着小调的忧伤，窗外的世界仿佛刮起了秋风。

“秋风吹，雁儿往南飞
心中有无限的伤悲
梦里看见妈妈的脸
我的想念，向谁说哎……”

一瞬间，天地间仿佛变了颜色，歌者唱着逝去的母亲，而听者却仿佛站在偌大的草原上，看着南飞的大雁，不知所措。

忽然想起中午听到的一个消息，父亲的一位同事前天突发心脏病，去世了。那位叔叔曾与我家有过来往，不过，当时年纪尚小的我，已记忆模糊。忽然听说这一消息，觉得很遥远，很寂寥，生命的逝去就像南飞的大雁一样，飞走了，却不会再回来。

随意翻开书——《哲学的邀请》，开篇便是讲“死亡”。显然，我们都是要死去的，这一认知并不能给人带来多少震撼。作者萨瓦特尔从死亡入手，探讨哲学，与《西藏生死书》有异曲同工之处。

对于“死亡”，谁都会害怕，不是害怕自己的死亡，而是害怕至亲的离去，害怕那种失去后的空虚和无力。

还记得小时候，每逢母亲出差，便觉得很害怕，总是担心飞机出事，害怕路上不安全，偏偏一年当中，母亲出差的日子居多，于是，惴惴不安的心情便也成了一种习惯；小时候，还很怕生活中的改变，第一次搬离伴我度过童年的大院时，曾难过好久，因为这是我第一次意识到童年时光将不再回来。也许是因为害怕失去，所以人们总是相互告诫，一定要珍惜当下，不要总是在失去以后，才知道珍贵。

“白云间，天地连一线
牧羊人歌声在天边
马头琴弦拉起思念
我的妹妹，好好入睡……”

唉，听着如此悲伤的歌曲，我不禁深深地叹一口气，仿佛看见善良的哥哥，独自坐在帐篷前拉马头琴。草原上天高地阔，歌声悠扬，妹妹在帐子内静静入睡，而母亲已经去了另一个世界。

其实，在这个不长不短的人生旅程中，会逝去的又何止是生命，青春的年岁、美好的时光、悲喜交加的感情、不断变换的人与事……

或许，死亡真的是我们必修的课程。

什么是死亡？

萨瓦特尔说：

“在临死之际，任何人都完完全全只是他自身，而不可能是他人，正如我们在出生的时候，带来了世界上从未有过的东西，在我们死去的时候，我们也带走了永远不会再度出现的东西。”

我想，死亡，或许就是失去。对于死者本身而言，是带走了不会再度出现的东西，对于生者，则是失去了不会再度回来的东西。无论是带走还是失去，都是一个必然的过程，与其执着，不如顺其自然。

回想长大以后的日子，经历的变动更多，离开家到外地读书，离开母校到陌生的城市工作，离开城市到处旅行，当告别和孤单成为家常便饭，这种失落的悲伤也就渐渐地不再出现。曾以为是自己的心肠变硬了，后来才明白，是自己长大了，对于得失之间已不再那么计较，那么执着。与其去害怕失去，不如好好珍惜，珍惜自己的拥有，珍惜身边每一位深爱着的亲人朋友，珍惜每一段人生历程。

“后来，我才明白
人世间，有些人永远不能再相见
马儿也追不回的时间
只有那一轮
天边清冷的月……”

也许只有经历过才会明白，原来，人世间，有些人和事走了，就再也不会回来；原来，即使是策马飞奔，也追不回流逝的时间；

原来，当一切流走，天地之间，也就只剩那一弯清冷的残月。

从出生那天起，我们一直在不停地往前走，走过了“80”、“90”年代，走进了21世纪，一直走到尽头，走到一个轮回的终结。在这段路上，我们将走过许多风景，经历许多人事，失去许多东西，看尽人生百态。这一切都会成为过去，喝一口孟婆汤，抹去前世的记忆，抹去所有的过去，挥挥手告别世界，又投入下一个轮回。如此看来，人生其实很简单，不就是走路嘛。虽然，走路时可能会摔跤，可能会受伤，可能会兴奋会疲惫，会收获会失落，来到人世尽头的时候，身体已经衰老，心理却无比坚强。

于是，萨瓦特尔又说：

“我们死亡不是因为生病，而是因为我们活着。也即是说，我们每个人离死亡的距离总是一样远。根本的不同，不在于是健康还是生病，是平安还是处于危险之中，而在于是活着还是死去，即是存在还是不存在。”

说得多好啊！原来，人生的状态不过就是“活着”还是“死去”；原来，我们一个人，每一件事离死亡的距离都是一样的。那么，为什么还要陷入害怕和悲伤而不可自拔？

还是张开双臂，拥抱生活吧，无论人生是艰辛还是快乐，无论未来是获得还是失去，既然活着，那就好好地活着。等到死去的那一天，也好好地死去。

“后来，我才明白

人世间，有些人永远不能再相见

马儿也追不回的时间

只有那一轮　天边清的月

而我用一生想念
妈妈的脸……”

不知道是谁说过，思念也是一种幸福，日子还是要好好过。歌声带着浓浓的思念渐行渐远。

轻轻合上书本，默默祝福所有朋友活得快乐！

……………………………………………………

附注：《思念母亲》是一位草原歌手的原创歌曲，讲述的是他自己的故事，有着草原的辽阔和秋天一般的忧伤。虽不相识，却仍希望这位歌者和所有认识或不认识的朋友都能走出忧伤，快乐地面对生活，既然活着，那就好好活着吧。

摇篮曲

好不容易有一个不用加班的周末，小宝贝乖乖地安睡，我倚在床头静静地听歌，窗外偶尔传来几声鸟叫，还有楼上装修的电钻声……

这是一个很安静的下午。

“小宝贝快快睡
梦中会有我相随
陪你笑陪你累
有我相依偎……”

父母常说，一定要有孩子，人生才算完整。以前，我没有这个体会。可自从宝贝走进我们的生活，整个世界仿佛都变了模样。还记得宝贝第一次绽开笑脸时的可爱模样，让人疼到心里去；还记得她第一次能趴着抬起头时调皮的眼神，仿佛是一个掉落到人间的小精灵；还记得她四个多月时第一次学会翻身，兴奋得咿咿呀呀手舞足蹈；还记得六个多月的一个晚上，她从梦中惊醒，哇哇大哭，下意识地喊妈妈妈妈；还记得她7个月的时候已经能自己稳稳地坐起来，每次拿玩具逗她的时候，她都坐在床上向我伸开双手，哈哈大笑……

“小宝贝快快睡
你会梦到我几回
有我在梦最美
梦醒也安慰……”

百日的时候，第一次给宝贝剃了头发，做了一支胎毛笔，上面刻着：“自性如湖水，清澈明了；一生如晴空，平安快乐。”这是我们的期望。

做了妈妈以后才明白，母亲的心其实是最低的。每次她爸爸说将来要她上北大清华，读剑桥哈佛时，我总是不以为然。从不希望小宝贝有多聪明多漂亮，只盼她健康快乐，一生平安。因为人生最幸福的就是一家人平平安安，快快乐乐，这份平凡的幸福似乎随处可见，却不是每个人都珍惜。而我，只希望宝贝能拥有这样一份平淡却持久的幸福，小时候有爸妈的宠爱，长大有老公的疼爱，过得简单自由。

“花儿随流水
日头抱春归
粉面含笑微不露
嘴角衔颗相思泪……”

许是感觉到我的心情，宝宝扭了扭胖乎乎的小身子，抬起头，闭着眼睛哭了两声，又趴下继续呼呼大睡。小脸蛋上印着席子印，红粉粉的，嘴角微翘，不知道在做着什么样的美梦。

轻轻拍拍她粉粉的小脸蛋，不禁想起《窗边的小豆豆》。那是一个多么可爱善良的小姑娘啊！透过她的眼睛，看到世界的单纯和美好。更让人羡慕的是，她遇到了真正懂得孩子的小林校长。这位校长第一次与豆豆见面就静静地听她说了4个多小时的闲话；这位校长让孩子们把“山的味道”、“海的味道”带到学校来，无形中让孩子们学会各种生活常识；这位校长制定了灵活的教学方案，让孩子们得以发展自己的兴趣爱好，让老师得以因材施教；这位校长允许老师每天下午带孩子们去野外散步，在游戏中学习生物、物理等知识；这位校长还发明了韵律操，试想看见孩子们带着自己独特的表情，舒展地舞动手脚，陶醉地跳来蹦去，每个动作都恰好合着拍子，这是多么令人愉快的场景。

“山间鸟徘徊　彩霞伴双飞
惊鸿一瞥莫后退　离开也让春风醉
看蒙蒙的睡眼　有谁值得你留恋
同林鸟分飞雁　一切是梦魇……”

正如小林校长所说：“过于依赖文字和语言的现代教育，恐怕会使孩子们用心去感受自然、倾听神灵之声、触摸灵感的能力渐渐衰退。而世界上最可怕的事情，莫过于有眼睛却发现不了美，有耳朵却不会欣赏音乐，有心灵却无法理解什么是真。不会感动，也不会充满激情……”

说得多好啊！作为应试教育下成长的一代，多么希望孩子能逃脱应试教育的荼毒，能顺应自然，找到并遵循自己的喜好，快乐地生长。我一直热爱音乐和旅行，把自己所有的激情和梦想都交付那些美妙的旋律、壮美的河山和悠久的历史文明。老公在看完我写的书后，说好像那些风景并没有我写的那么美。可是，雪山、草地、野花、彩虹、寺庙、钟声、炊烟、晚霞……在我眼里就是那么美，甚至连都市里雨后偶然间露出的蓝天，也能让我热泪盈眶，这是真实的生活，点滴的美。而这，也是我想让宝贝看到、感受到的人生和人世。

“传说中神话里　梦中的我在梦你
神仙说梦会醒　可是我不听
流水葬落花　更平添牵挂
尝过相思百味苦　从此对情更邋遢……”

亲爱的宝贝，将来你长大了，希望你会明白妈妈的心。正如小巫所说，做妈妈的最盼望宝贝健康，一直坚持母乳喂养，为的就是能给宝贝一个健康的开始；妈妈希望你独立，因为只有独立不依赖他人，对自己的生活承担全部责任，才能真正把握自己的命运，获得真正的自由。你可知道？我的宝贝。自由是最最重要的幸福之源。妈妈还希望你充满爱心，因为人生苦短，没有什么是特别值得玩命去追求的，名誉、金钱、地位，那些都不是最最重要的，只要拥有爱，就会拥有一切，所以，宝贝，请用心去爱这个世界，请用心去爱身边的人和事，这样你在面对各种痛苦和挫折的时候，才会有活下去的勇气。

“寒风催五谷
遥风到天涯
枯木也能发新芽
馨香播种摇篮下……”

做一个快乐善良的孩子吧，宝贝!
不管世事纷扰，let it be !

……………………………………………………………

附注：这一版本的《摇篮曲》是一首典型的流行歌，却意外地安详宁静，在简简单单的木吉他伴奏下，述说着一个母亲对孩子的所有温柔和爱心。每次宝宝哭闹不肯睡觉时，我就喜欢放这首歌曲给她听，送她一个有着明媚阳光的美梦。

悟

坐在机场候机，飞机不出意料地又延误了。为了打发时间，去书店找书看，一眼相中了这本《淡定的人生不寂寞》。

“淡定，其实就是一种态度。”

翻开扉页，这是代序中的一句话。

于是，坐下来，戴上耳机，正好听到电影新少林寺的主题曲《悟》。

“无量心生福报无极限
无极限生息息爱相连
为何君视而不见　规矩定方圆
悟性悟觉悟空　心甘情愿……”

如同念诵佛经一般的前奏让人很快地从担忧、焦虑的情绪中平静下来。看一眼层层围绕在空乘人员身旁的焦急旅客，我能做什么？身板小，挤又挤不进去，声音小，尽力喊也没人听得见，无尽的争执只能发泄心中一时的不满，却不能让飞机准时飞起来，还不如坐下来，拿出纸和笔，一笔一画地摘录书中的美丽字句。

“春有百花秋有月，夏有凉风冬有雪。若无闲事挂心头，便是人间好时节。这是对世事的淡定。”

“宠辱不惊，看庭前花开花落。去留无意，望空中云卷云舒。风来疏竹，风过而竹不留声；雁渡寒谭，雁去而谭不留影。故君子事来而心始现，事去而心随空。这是对生活的淡定。”

“手把青秧插稻田，抬头便见水中天。心地清静方为道，退步原来是向前。这是为人的淡定。”

随着一笔一画的安静抄写，心越来越静，越来越定。忽然明白，每一种情绪的出现或发泄，至少应当能够解决一个问题，如果暴躁、争执无济于事，又何苦让自己陷入泥潭？

“放下颠倒梦想放下云烟
放下空欲色放下悬念
多一物却添了太多危险
少一物贪嗔痴会少一点……”

想起前些天与一位新手妈妈的聊天。她也如我当年一样，充满焦虑感和危机感，每天都因害怕宝宝最亲的不是自己而不愿意让别人帮忙带小孩，结果弄得自己身心疲惫。这位妈妈甚至为了宝宝由谁带的事跟老公和家婆闹僵，连离婚都被提上议事日程。听她絮絮叨叨说了很多，从旁观的角度看，无非都是一些鸡毛蒜皮的小事，却难倒了很多人。

很能理解她的担忧，因为我也是这样过来的，也犯过同样的错误，甚至在碰上这种婆媳相处问题时也不会处理得比她更高明。当时，我甚至跟保姆闹别扭，总觉得自己为宝宝付出了所有的情感，却得不到回馈，很委屈。但老公有一句话我听进去了。他说："多一个人疼孩子，总比没有的好，保姆真心疼爱孩子，孩子才会喜欢跟她，我们也才能放心做自己要做的事情，不是吗？"

书中说："有时幸福就像手里的沙子，握得越紧，失去得越快。"对老公是如此，对孩子是如此，对生活、对工作亦是如此。

书中还说："没有什么是真正的对与错，更没有太多的仇与恨，何不看淡这一切？或许付出真心的人不一定能换来真心，但是也无须后悔，能够拥有一颗平静的心，未尝不是好事。或许明天还是未知，但这又何妨？相信明天不会是最坏的，相信上天对每一个人都很公平。"

所以，出差在外的我原本带了一大堆材料准备继续工作，可现在却想要放下来，借此机会给自己一个独自思考的空间，听听歌，散散步，想想事情，写写感悟，也是一种机缘。

"若是缘再苦味也是甜
若无缘藏爱在心田
尘世藕断还丝连　回首一瞬间
种颗善因　陪你走好每一天……"

在平静、淡定的等待中，飞机终于起飞了。南航的航空杂志有不少很有内涵的文章，今天看到一篇感叹小孩成人化、童年成人化的文章，不由得想起了今年广东的高考作文《回到原点》。

这是一个好题目，如果我参加高考又有足够的勇气，我会舍弃语文老师教导的那些八股文和考前背诵的各种作文套路，这些东西是对文学创作的限制甚至是扼杀。

写作的原点是什么？应该是随心所至，想到哪儿写到哪儿，不要做太多的条条框框限制，自由地表达自己心中的所思所想。语言文字的最初作用便是表达且让他人明白，那些文辞造句，那些句法规则应当是服务于表达内心的工具，如今却变成了语文教育的重点，在过于强调语法句式的教育模式下，内心的真实情感被磨灭，走出学校的学生要么不会表达自己，要么害怕写文章，要么就去抄袭剽窃。这难道不悲哀吗？

写作的原点是自由的表达，绘画如是，教育如是，社会生活亦如是。

是谁规定苹果一定是圆的？是谁限制鱼儿一定要用“游”这个动词？至今无法忘记那天，不到两岁的宝宝站在高高的鱼缸前，惊喜地大叫：“妈妈你看，鱼儿在飞！”充满童稚的声音让我为之一震。我轻轻在宝宝身边蹲下，从她的视线高度向上仰望，各色的小鱼儿仿佛在透明的天空里飞来飞去，像鸟儿一样自由自在。

我也不禁感叹：“哇！小鱼儿真的在飞哦，宝宝真棒！”宝贝快乐极了，像发现了新大陆一样，拍着小手，一边绕着鱼缸转圈，一边快乐地唱歌。

看着她快乐的小身影，泪水渐渐模糊了我的视线。童年，多么美好的人生原点，对世界充满好奇，拥有无尽的想象力，有梦想，有创造，有期盼，有哭笑的自由，有童言无忌，有无数试错的机会……

这是我最珍惜的童真，最值得留住的时光，所以我不会跟孩子说你错了，小鱼只会游泳，不会飞。用我们这些成年人的规则去破坏孩子美好的想象力和美好的世界是多么地残忍啊！

“唯有心无挂碍成就大愿
唯有心无故妙不可言
算天算地算尽了从前
算不出生死会在哪一天……”

想起前阵子带宝宝上画画课时看到的一幕：老师在课室中间示范，孩子们各玩各的，家长们则满脸焦虑地引导孩子说，你应该这样画，你要不要画，你是不是应该用××颜色更漂亮等等。其中，有一位妈妈当着全班孩子的面用极严厉尖锐的声音指责女儿说：“你怎么到处乱粘啊？老师不是这样教的，你看旁边比你小的妹妹都做得比你好……”看着孩子通红的双眼和倔强的眼神，我不由得很心疼，对一个2岁多的孩子来说，能开开心心地玩就是最好的事情，何况孩子再小，也有人权和尊严，也有被尊重的需要啊？

《淡定》一书记录了一个有意思的小幽默：“黄忠六十跟刘备，德川家康七十打天下，姜子牙八十为丞相，佘太君百岁挂帅，孙悟空五百岁西天取经，白素贞一千多岁才下山谈恋爱，年轻人，你说你急什么？”虽是玩笑话，却道出了当下社会生活过于急躁的特点。

小巫在《学会与孩子划清界线》一书里曾多次提醒爸爸妈妈们，不要将自己在社会中所遭受的恐惧和不安投射到孩子的身上，那是不公平的。社会竞争固然残酷，但孩子是无辜而单纯的，这是我们成年人奢望却不可及的东西，应该好好爱护。

“勿生恨　点化虚空的眼

勿生怨　欢喜不遥远

缠绕欲望的思念　善念一瞬间

心怀忏悔　陪你走好每一天……”

有的朋友对我说：“你现在说得好听，等你孩子大了，你自然也会有同样的矛盾和烦恼，也会为‘别输在起跑线上’而屈服。”

也许吧。但我始终认为，孩子的天性就是玩，不带任何功利性质。从小就特别厌恶那些只是为了考级而去学琴、学跳舞、学画画的想法，这本来应该是充满乐趣的学习过程，最后却变得本末倒置，得不偿失。有的时候，我们这些大人常常嘴上说是为了孩子好，难道在我们内心深处不是为了和同事朋友聊天时有炫耀的资本么？如果让孩子误以为自己是为了父母的面子而活，而不会自己去发现人生的乐趣，那就更糟了。

柴静曾经说：“我认识的真正棒的人都没有把什么标签真当回事儿，他们不是对精英这个概念不满或抗议，他们只是从不从这个角度去看世界。有一天我还能不能做一个记者，人们会怎样评价我，都不重要，我并不是为了成为什么样的人而来到这个世界上的。”

别人的评价和眼光不能替代自己的人生，别人也无法评价自己的幸福与否，只有自己能够让自己真正快乐起来。

但愿我的女儿能自然地生长，就像美丽的花儿一样，慢慢地，慢慢地绽放。

“再牢的谎言　却逃不过天眼

明日之前心流离更远

浮云刹那间障眼　人心渐离间

集苦连连不断地出现……”

最近，好朋友们似乎都有了更好的生活，曾经陷在失恋泥沼的好友这个月结婚了，曾经对婚姻似乎不抱希望的朋友最近荣升为一位幸福的准妈妈，曾经婚姻出现危机的朋友最近生下了一个可爱的女儿，有的如愿以偿地调回广州，还意外获得升迁机会。真好！

人生好像就是在爬山，在攀爬完一段极为崎岖的山路后迎来了一段缓坡和美好风景。真好！

“无量心生福报无极限

无极限生息息爱相连

凡人却视而不见　规矩定方圆

悟性悟觉悟空心甘情愿

简简单单陪你走好每一天……”

书里说：“人应该诗意地栖居。有些欲望你可以抑制，有些争执你可以让步，有些人你可以疏远，有些东西你可以不要，有些批评和表扬你可以不屑……

不信，你试试看，你并不会失去什么。”

附注：《悟》是电影《新少林寺》的主题曲，歌者的演绎有一点过于悲天悯人，但仍不失为一首让人平心静气的曲子。《淡定的人生不寂寞》是在机场书店随手拾得的一本心灵小品，或许这类所谓“疗伤鸡汤”早已被人嗤之以鼻，但我却仍为其阐述的道理而悟，不论是阳春白雪还是通俗流行，只要坚持本心就好，其他的就顺其自然吧！

无尽透明的思念

转眼又近年终，今年的旅行已经结束，明年的期待还未开始，在这样一个生活的空档期，忽然看到音乐世界一片热闹，各种争议、纠纷、新音乐、新想法层出不穷，乡村、摇滚、爵士、布鲁斯、蓝调等音乐类型，还有黑人唱腔、高音、转音、和音等音乐常识蜂拥而至，让人禁也来了兴趣：原来音乐这么好玩？

“窗外飘着晚了一点开的花香
阳光看着太早出现的苍白月亮
不管缓慢还是匆忙　世界都一样
用安静的口吻说着无常……”

音乐之于我，一直都是一个老朋友，无论在什么地方、什么时候、遇到什么事情，它都不曾离开。

小时候，因为学钢琴，对音乐曾喜欢过，也厌倦过。受家庭教育的影响，从小接触的音乐相对正统和传统，除了古典音乐外，就是各种红歌，像《我的祖国》、《听妈妈讲过的故事》、《我爱你中国》

等等。那时，最熟悉的唱法是民族唱法，最听得惯的是正拍子的旋律结构；那时，家里是不听流行歌的，即使听，也一定是听刘欢、毛阿敏之类。但是，不得不赞叹的是当年春晚的影响力，张明敏的《我的中国心》、费翔的《冬天里的一把火》及那英和王菲的《相约98》都是因为春晚而被家里接受，从此，这些歌手也进入了我们家的歌单。

也许是生在广东的缘故，我正好赶上了20世纪末港台音乐的黄金年代，宝丽金的大唱片是我们家卡拉ok机的常客，而《梦醒时分》、《潇洒走一回》、《东方之珠》、《滚滚红尘》、《水手》、《吻别》、《祝福》等旋律也都曾在小小的房子里久久回响，成为我童年记忆中最熟悉的音乐味道。最有意思的是，当年的父母还非常传统，有一次，小小的我很快就学会唱《东方之珠》，正在骄傲时，无意听到老爸提醒老妈注意歌曲的影响，像东方之珠的歌词有写到什么爱啊之类的，影响不好。当时如果有表情包，我的表情一定是瀑布汗！

或许正是因为这些原因，当我第一次听到改编后略带爵士味道的《吻别》、《对你爱不完》、《一样的月光》、《被遗忘的时光》时，真是惊呆了！原来音乐还可以这样玩？

“每当听见时钟滴答不停往前走
忽然发现熟悉街景又换了脸庞
爱被时间化上新妆　模糊了模样
想起你时有风轻轻扬
把你吹向更远的地方……”

本以为这些熟悉的音乐味道早已随着时间流逝而消失在漫漫长

河中，本以为这些熟悉的旋律和感觉早已深埋记忆，很久不再响起，可当经典被成功颠覆和改编，原本就很好听的旋律忽然焕发新的光彩，然后才明白，原来经典之所以能成为经典，就在于其经久不衰的生命力，音乐是这样，文学、艺术亦如此。创作的最终结果应当是创造经典而不是制造流星，可是在这些年热热闹闹的音乐里，有多少经典能被10年、20年后的我们继续创新和享受呢?

在听惯了改编以后，再听到没有经过改编的歌曲，没有一些即兴的转调、转音，没有节奏上的一些随意变化，没有自由婉转的高音，没有低沉略带磁性的低音，耳朵似乎就不适应了。逐渐地，似乎很难再接受CD的中规中矩，而Live却逐渐成为歌单上的新宠。

是的，早就不再愿意听CD了，因为这些年的唱片越来越规矩，越来越追求完美，越来越充满工业化生产的味道。在经过录音棚一次又一次的调整、修音、剪辑后，呈现出来的CD音乐似乎太完美了，太没有缺憾了，同时也就削薄了音乐中本来应有的感情或者是歌者自己的态度和思考。情绪的东西少了，听歌的我们仿佛成了被洗脑的对象，被动地接受着业内所谓专家们推荐的好音乐，然后，在一片吐槽声中，大家都“累感不爱”了。

当一个文化产业失去了自己应有的态度，民众失去了自我主见，大家都迷失在人云亦云、花花轿子众人抬的繁华景象中时，真正受伤的不仅仅是音乐这个产业，还有一群爱听音乐、爱玩音乐的人。

“那是无尽透明的思念
轻薄像空气渗透进我的心
每次呼吸也许都是叹息
却更像在呼唤你OH BABY……”

Live不是随便能玩的，当然，那种只为了满足粉丝追求的明星们除外。Live很考究歌者本人的演唱功力，考究歌者跟乐队的默契配合，考究Live现场设备的优良程度，还有现场听众的音乐素养。以前，不是不听现场，只是演唱现场不是沦为粉丝们发泄情绪的尖叫场所就是成为放大歌者缺点的尴尬之地，又或者受限于现场音响设备，无法获得最佳的视听体验。从小到大，我真正听过的演唱会现场只有张学友，然而，即使学友哥的唱功一流，我却还是不能忍受现场的喧嚣。当时现场的歌迷说："你这么想听歌，回家买CD啊！"

崩溃——

不过，让我惊喜的是，近两年的音乐综艺节目开始回归音乐本身，开始把资金大量投入在音乐设备和参演音乐家的挑选上，音乐人的选择和节目设计也更多地关注音乐本身。即使仍存在商业运作和利益因素牵扯其中，但我仍很开心地看到，那些在现场让人或是兴奋，或是感动，或是愉悦，或是伤悲的歌曲最后都能很好地被还原和保存下来，在热闹过后，我们仍可以独自单曲循环和品味，这是一件多么爽的事情啊！

"那是无尽透明的思念
清澈像河流让人情愿沉溺
也许我的爱也早已透明
所以你总想不起我爱你……"

哈林说："听歌，不就是一个爽字嘛！"

确实如此。

爱与诚

音乐带来的感情共鸣有时会让人感伤落泪，有时让人会心一笑，有时让人情不自禁跟着旋律一起摇摆，有时让人热血沸腾，有时甚至会激发内心深藏的大爱。因为年代不同、经历不同，不同的音乐带来不同的感觉和偏好，但相同的是那种“爽”的感觉。

上大学那会儿，得到解放的我开始自由听歌。当年买了很多齐秦、无印良品、任贤齐、羽泉的CD，偶尔也听一听周杰伦的中国风和韩国台湾偶像剧的影视歌曲。那会儿最喜欢做的事情就是独自一人，戴着耳机，抱着厚重的书本，沿着学校的小路自由行走，耳朵敏感地捕捉音乐旋律中透出来的清新和自然，眼睛享受眼前的云淡风轻，脑袋里想着自己的心事，偶尔心有所感，拿出笔记本随意写点东西，又或者站在湖边发发呆，反正也没别的事情，只有自己，那么独，那么自在！

“每当听见时钟滴答不停往前走
忽然发现熟悉街景又换了脸庞
爱被时间化上新妆　模糊了模样
想起你时有风轻轻扬
把你吹向更远的地方……”

毕业以后，因为工作、感情的经历，一些悲伤的情歌以及讲述青春迷茫的歌曲开始进入我的世界。有人说，华语歌曲更注重词的意境，所以在国外非华人圈中常常无法引起共鸣。这确实有一定道理。

听歌的时候，我也时常会先被歌词吸引，代入自己的经历、思绪、情感，进而心生感动、感慨、感叹。感受最深的莫过于许巍的词曲，他创作的旋律并不是特别抓耳，甚至说不上动听，但歌词写得是真的好！无论是感叹青春还是描述风景，无论是表达愤懑还是述说情怀，都那么贴切和生动，在接受了歌词的同时，慢慢地、渐渐地，也就爱上了这首曲子，比如说《星空》，比如说《故乡》，比如说《像风一样自由》，比如说《蓝莲花》……

听歌的时候，我很少被单纯的嗓音打动，但2007年以后出现了意外。一位歌者因为正好在我那个人生阶段唱出了我心中的深圳味道而走进我的音乐世界。被打动的不完全是他的作品，更多的是他的嗓音和诠释音乐的能力，比如说他诠释的《星空》、《故乡》、《青春》、《想念》、《轻描淡写》，当然还有他创作的《有没有人告诉你》、《某某》、《经过》……

“那是无尽透明的思念
轻薄像空气渗透进我的心
每次呼吸也许都是叹息
却更像在呼唤你OH BABY……”

因为这些音乐带给我的感动、感悟，忽然有一天，就是那个夏天，忽然兴起一个念头：我要把注意力从那些遥远的旅行足迹中收回来，要好好看看身边的世界，好好体会平凡的生活，然后把这些被音乐触动的思绪全部记下来，不做修饰，不做加工，用最原始的语言把当时的想法和感受记录下来，就像自传一样，一直记录下去，直到有一天我不再听歌，不再旅行，不再读书，不再写作。

“那是无尽透明的思念
清澈像河流让人情愿沉溺

也许我的爱也早已透明

所以你总想不起我爱你……”

窗外，有一个我至今未懂的音乐世界；窗外，有一个风景无限的大千世界；窗外有一个我始终向往的归宿之地；一切都在窗外，一切就在脚下。

沂水弦歌，生活就是这样。

……………………………………………………

附注：《无尽透明的思念》是一首不太出名的老歌，选择这首歌不是因为歌曲本身，反而是因为歌曲的作者。节目里，他抱着吉他悠然自在地演唱着，似乎没有忧伤，没有痛苦，没有无奈，没有愤懑，就像他对待音乐的态度一样，悠然自得。在他的歌声里，我看到了沂水弦歌的人生态度，我想，这必须得是到了一定年纪，累积了一定阅历才能练就的心态啊！

朱彦晴小朋友涂鸦作品

后　记

自2007年起，我一边继续写旅行笔记，一边开始写窗外系列，这主要是受爷爷的启发。爷爷八十多岁开始写自传，洋洋洒洒，整个传奇人生在他的笔下得以显现。我想，我们都是生长在和平年代的普通人，没有太多惊心动魄的经历，不如从现在就开始记录吧，写给将来老去的自己看，写给将来总会长大的孩子看，写给现在没有耐心但说不定老去以后会有心情的老公看，写给和我一般年岁的发小们、朋友们看。

也许，那时我会坐在自家阳台的花影里一边晒太阳一边回忆过去；也许，那时我的孩子会跟她的孩子说她小时候的故事，像我现在一样；也许，那时我的老公会愿意安静地读一下我眼中的关于我们俩的故事，然后反问一句“当时是这样的吗？”；也许，那时老朋友们会再次相聚，一起回忆那些往日时光……

窗外是挺老套的题目，可却是我最初的感受。无法忘记，那个夏天，听到那个唱着深圳味道的歌声，恍然大悟：无论处境多么艰难，只要我们愿意，一定能找到上天留下的窗户。只要勇敢地打开它，就能看到窗外美好的风景。

窗外，那个世界永远地存在，无论我们是否走进去过。

冯　彦

2015年5月